만나지 않았더라면 좋았을 거짓말쟁이 너에게

———

사토 세이난 장편소설
쿠리마타 리키야 원안
김지윤 옮김

제우미디어

만나지 않았더라면 좋았을

거짓말쟁이 너에게

만나지·않았더라면·좋았을·거짓말쟁이·너에게

사토 세이난 지음
쿠리마타 리키야 원안
김지윤 옮김

JMbooks

| 제1장 |

애인쯤이야 없어도 그만이다.

금욕주의자를 흉내 낼 생각은 추호도 없지만 매일 좁디 좁은 연립 주택 단칸방에서 교재를 보다 책상에서 잠들어 버리는 지금 형편에서는 애인을 들일 여유가 존재하지 않는다. 주위 시선을 아랑곳하지 않고 필사적으로 노력해야만 하는 시기가 인생에 존재한다면 그것은 바로 지금이다. 그래서 애인은 없지만 바라지도 않는다.

그러나 이 세상에는 나의 이런 사고방식을 이해하지 못하는 족속이 존재한다. 연애 지상주의라고 해야 하나. 솔로인 사람은 늘 외로워서 사람의 온기를 그리워하고 밤에는 눈물로 베개를 적시며, 크리스마스처럼 특별한 날에 딱 붙어 다니는 커플을 보면 부모의 원수라도 되는 양 증오하고, 입으로는 남친이니 여친이니 그런 거 필요 없다고 말하지만, 속으로는 만남을 간절히 바라는 게 분명하다고 단정 짓는 그런 인간들이다.

지금 나를 끊임없이 귀찮게 하는, 에그자일*에 들어가려다 만 것 같은 다박수염의 사내도 전형적인 연애 지상주의자였다.

"웃기시네. 너 연애 안 한 지 벌써 2년이나 됐어. 그것도 보통 2년이냐. 스물여섯부터 2년이야. 2년. 남자가 한창 청춘을 꽃피울 시기잖아."

나는 눈앞에 불쑥 내민 두 개의 손가락을 손으로 쳐냈다.

이 인간이 생판 남이면 적당히 대꾸하고 자리를 뜨든가 다른 가게로 옮기면 될 일이지만, 고교 시절부터 10년 동안 함께 한 친구다 보니 그럴 수도 없었다. 다시 말해 이 녀석은 나의 '절친'이었다.

"그러는 모리오 넌? 여친은 너도 없으면서."

모리오가 바로 연애 지상주의자인 '절친'의 이름이다.

"괜찮아. 난 헤어진 지 고작 3개월 됐고, 애초에 연애할 마음도 있거든. 연애하고 싶다고 온갖 애를 써도 여친이

---

* 일본의 남성 댄스&보컬 퍼포먼스 그룹

없는 것과 필요 없다고 허세 부리면서 아무 노력도 안 하는 것과는 그 심각성이 천지 차이지."

"허세 아니야."

그리고 따지고 보면 온갖 애를 써도 여친이 생기지 않는 쪽이 더 심각한 거 아닌가?

하지만 말하지는 않았다. 지금 모리오는 잔뜩 취해서 혀 꼬부라진 소리를 내는 상태다. 이런 상대와 말을 주고받아 봤자 제대로 된 논의는 기대할 수 없다. 실제로 아까 전부터 대화가 계속 제자리를 맴돌고 있었다. 2차 권유를 거절할 걸 그랬다. 아니, 내 기억이 옳다면 분명히 거절했었다. 하지만 어찌 된 셈인지 나는 이곳에 있다.

"아니면 그거냐, 아직 미즈호를 못 잊어서?"

모리오가 잔뜩 취한 눈으로 말했다.

미즈호는 2년 전에 헤어진 여자 친구의 이름이다. 대학 때부터 6년이나 사귀었지만, 더 좋아하는 사람이 생겼다며 내 곁을 떠났다. 이별은 놀라울 정도로 싱거웠다.

"설마, 당연히 아니지."

"그렇지? 그런 난잡한 여자를 계속 마음에 두고 있을 정도로 코요가 그렇게 미련한 놈은 아니지."

코요. 학창 시절부터 함께 한 친구들은 아직도 나를 그렇게 부른다. 이토 키미히로(伊東公洋)에서 이름 부분인 키미히로를 음독으로 부르는 별명이었다.

"미즈호는 난잡한 여자가 아니야."

"감싸는 거야? 너라는 남자가 뻔히 있는데 직장 선배한테 고백받았다고 양다리 걸치다가 그쪽을 선택하고 널 버렸잖아. 어떻게 봐도 난잡녀지. 그게 아니면 쓰레기. 쓰레기 불륜녀."

"불륜은 아닌데."

"역시 너 아직도 마음에 두고 있는 거 아냐?"

"아니라니까."

결과만 놓고 피해자 행세를 하기는 쉽다. 그러나 미즈호를 잘 알면서 두 사람의 관계성도 가장 잘 이해하는 나에게 말해 보라고 한다면, 잘못은 미즈호에게만 있는 것이 아니다.

"여자에게 받은 상처는 여자로 치유하는 수밖에 없다잖아."

"무슨 헛소리야. 그보다 받은 상처가 없는데."

"그럼 얼른 새 여친 만들어서 앞으로 나아가세나."

끝이 없겠구나, 이거. 전혀 말이 통하지 않는다.

나는 주머니에서 휴대폰을 꺼내 시간을 확인했다. 아무

리 그래도 파하기에는 아직 이른가.

나카노의 쇼와 신도에 있는 이치라쿠이치엔(一樂一緣)은 모리오의 단골 선술집인 듯했다. L자 형태의 카운터가 하나, 의자는 열 개뿐인 이 협소한 가게에는 연극이나 음악 라이브, 복싱 대회 개최를 알리는 전단 등이 벽에 다닥다닥 붙어 있었다. 그야말로 서브컬처에 흠뻑 빠져 인생이 꼬여버린 남자가 좋아할 법한 분위기였다. 나와 모리오는 지방 인문계 고교를 졸업해서 그럭저럭 괜찮은 도쿄 사립대로 진학했지만, 같은 캠퍼스에 통학한 기간은 고작 2년이었다. 연극에 눈을 뜬 모리오가 대학을 중퇴하고 극단에 들어가 버렸기 때문이다. 오늘 이렇게 모리오에게 불려 나온 것도 모리오가 속한 극단의 연극 티켓을 사기 위해서다. 모리오의 극단은 일 년에 한두 차례 공연을 여는데, 공연이 가까워지면 모리오는 자신에게 할당된 티켓을 소화하기 위해 내게 연락을 해오곤 했다.

오늘도 나는 3500엔짜리 예매권을 구매했고 모리오는 아까 전 가게에서 내가 낸 3500엔을 몽땅 써버렸다고 했으니, 이 가게에서 먹고 마신 대금 역시 아마도 나의 몫일 것이다. 그런데도 듣기 싫은 소리를 하며 나를 귀찮게 하다니, 불합리하고 손해 같다는 생각을 하면서도 그것을 허락하고 마는 것은 학창시절부터 계속된 질긴 인연 때문일까, 아니면 타고난 나의 심약함 때문일까.

"지금 직장에는 괜찮은 사람 없어?"

"없어, 없어. 다 해서 열두 명밖에 안 되는 작은 사무소인데, 뭘."

"열두 명 중에 여자는?"

나는 허공을 올려다보며 동료들의 얼굴을 하나씩 떠올렸다.

"셋…… 아니, 네 명이구나."

오십 대 여성 한 분을 깜박하고 세지 않았다.

무례하기는.

"네 명이나 되네."

"네 명 중에 두 명은 결혼해서 아이도 있고, 다른 한 명은 독신이지만 한참 연상이야. 사십 가까이 되거든."

"유부녀도 연상녀도 내 허용 범위다만, 확실히 너한테는 벽이 높아."

모리오는 턱을 괴고 진지한 표정으로 검토했다. 아무래도 친구의 처지를 진심으로 걱정하는 모양인데, 쓸데없는 참견에도 정도가 있다.

문득 모리오가 뭔가를 알아차린 듯한 표정을 지었다.

"잠깐, 다 해서 네 명이라더니 세 명밖에 말 안 했잖아. 두 명은 유부녀, 한 명은 연상……. 거봐, 셋이야. 남은 한 명은 어쨌는데?"

나는 점점 거리를 좁혀 오는 얼굴을 손으로 막아내며 말했다.

"남은 한 사람은, 시간제라서."

"뭐. 그게 뭔 소리야. 시간제가 왜. 시간제하고는 사귈 수 없다 이거야?"

가벼운 말투를 가장하고 있었지만, 살짝 화가 난 게 느껴졌다. 무명 배우인 모리오 역시 아르바이트로 생계를 꾸려 나가는 처지다 보니 비정규직 노동자를 대표해서 분개하는 걸까.

"그런 말이 아니라. 그럴 생각이 없다고."

"네 생각이 뭔데. 혹시 그 여자 엄청 못생겼어?"

"그렇진…… 않은데."

그 동료 여성의 얼굴을 떠올린다. 여자로 의식한 적이 없어서 미인인지 아닌지를 따져본 적도 없었다.

그러나 새삼 떠올려 보니,

"오히려, 반반한 편이지."

그렇다고 해서 직장 동료에게 고백할 정도의 배짱과 화

술이 있다는 뜻도 아니지만.

"오, 좋아, 좋아. 나이는?"

신이 난 모리오가 몸을 쑥 내민다.

"한 살 위."

"그럼 스물아홉인가. 괜찮네. 너 같은 놈한테는 엉덩이를 채찍질해 줄 연상녀가 딱이거든."

"너 같은 놈이라니, 네가 나에 대해서 뭘 안다고."

"전부."

모리오는 거침없이 대꾸하고 질문을 계속했다.

"이름은?"

"그런 거까지 대답할 의무는 없어."

내가 거부해도 모리오는 물러날 생각이 없어 보였다.

"의무는 없는데 흥미가 있어서. 그런 소리 말고. 이름 정도는 가르쳐 주라."

"개인 정보야."

"그렇게 나오다니. 법률쟁이 아니랄까 봐."

모리오는 입술을 삐죽거렸다.

"근데 말이야, 쿄요. 내가 그 여자 이름을 알아냈다고 해서 스토킹이라도 할까 봐 그래?"

그렇지는 않았다. 반론을 못 하고 입술만 일그러뜨린 나의 어깨를 모리오가 감쌌다.

"그냥 여기서만, 술자리에서 재미 삼아 하는 얘기잖아. 개인 정보니 뭐니 김새는 얘기 하지 말고 말이야, 뭐 어때. 이름만 얘기하는 건데. 그 이상의 개인 정보는 안 물을게."

이대로는 이야기가 끝날 것 같지 않았다.

"정말이지?"

"응. 맹세해."

모리오가 오른손을 얼굴 높이로 들어 맹세했다.

나는 떨떠름하게 그녀의 이름을 말했다.

"미네기시…… 씨."

"이름은?"

"유코."

"미네기시 유코구나."

모리오는 느긋하게 휴대폰을 꺼내더니 검색창에 글자를 입력하기 시작했다.

"유코는 한자로 어떻게 써?"

"뭐, 뭐하는 짓이야."

"개인 정보는 이름까지만 물어보기로 했잖아. 그래서 직접 알아보게."

"하지 마. 치사하게."

휴대폰을 빼앗으려고 손을 뻗었지만 모리오는 몸을 비틀어 피했다.

"어떻게 쓰냐니까."

"싫어. 절대로 안 가르쳐 줘."

그러나 모리오는 내키는 대로 이름을 찍어 계속 검색을 하더니 이윽고 무언가를 찾아냈다.

"혹시 이 사람이야?"

애초에 그녀는 SNS 따위는 하지 않을 것 같은 타입의 여성이다. 절대 찾을 수 없을 거라고 무시하며 외면하던 나는 무심코 모리오의 휴대폰을 들여다보았다.

어느 계정의 SNS 페이지였다.

동그란 아이콘 테두리 안에서 수줍게 브이 사인을 하는 여성은 내가 아는 모습보다 머리가 짧고 조금 어려 보였지만 동료인 미네기시 유코 씨가 틀림없었다. 이름이 알파벳으로 등록되어 있어서인지 모리오는 한자를 몰라도 그녀의 계정을 찾아냈다.

"미인이네. 얼굴 사진 다른 건 없나."

모리오가 품평가 같은 표정을 하고서 휴대폰 화면을 만진다.

"보아하니 유코 씨는 소설을 좋아하나 봐. 토우노 게이고라는 작가의 책 표지 사진이 있어."

"이러면 안 될 거 같은데."

"안 되긴 뭐가. 비공개로 설정해서 친구만 볼 수 있게도 할 수 있잖아. 그런데 그렇게 안 했다. 즉, 자신의 사생활을 온 세상에 공개하겠다는 뜻이지. 유코 씨는 모두가 자길 봐 줬으면 한다 이거야…… 근데 아쉽다. 아이콘 말고는 얼굴 사진이 없어. 타임라인을 봐도 그렇게 자주 하는 것 같진 않고. 친구도 다섯 명밖에 없어. 보니까 누가 부추겨서 일단 계정을 만들긴 했는데 귀찮아서 거의 내버려둔, 딱 너 같은 패턴이네."

"너도 마찬가지면서."

"그야, 뭐. 어디를 갔느니, 뭘 먹었느니, 불특정 다수에게 왜 알려야 되는지 모르겠으니까."

"그런 말 할 거면 처음부터 등록하지 말지 그랬어."

"피차일반이지."

모리오는 웃으며 말하더니 액정 화면을 말끄러미 들여다보았다.

"야, 친구 신청해 봐."

"내가 왜."

"프로필에 '절 아시는 분은 부담 없이 친추 주세요.'라고 적혀 있잖아. 아는 사이 아냐?"

문득 생각했다. 과연 내가 그녀를 안다고 할 수 있을까? 물론 얼굴이랑 이름은 알고 있고, 거리에서 발견하면 그녀를 특정할 수 있을 정도는 된다. 그녀도 아마 나를 그 정도 수준으로는 알고 있을 것이다. 하지만 누군가를 안다는 게 이런 걸까. 어쩐지 아닌 것 같다.

"됐어."

나는 귀찮다는 듯이 손을 저었다.

"왜?"

"그런 사이 아냐."

"이제부터 그런 사이가 되려는 거잖아."

이 녀석 흥미 본위로 이러는구나 싶어 나는 곁눈질로 노려봤다.

"흥미 없어. 그것도 그만 봐."

나는 모리오의 손에 쥐어진 휴대폰 화면을 손으로 가렸다.

"왜. 뭐 어때서. 본인이 온 세상에 공개하겠다는데."

"그래도 모르는 사이에 직장 동료가 자기 사생활을 캐고 돌아다니면 썩 유쾌하진 않을 거 같아."

적어도 내가 그녀의 입장이라면 그렇다.

"넌 정말 착한 놈이야."

모리오의 차분한 말투에 어떻게 반응해야 할지 몰라 당황스러웠다.

"……내가 뭘."

"난 진심으로 그렇게 생각해. 너처럼 성실하고 선량하고 마음씨 고운 녀석한테 왜 여자 친구가 없을까. 내가 여자였으면 분명히 널 선택했을걸."

"거 참 고맙소이다."

지나친 칭찬도 마음을 불편하게 하는 법이다.

"어때요, 무로 아저씨. 어디 이 녀석한테 딱 맞는 괜찮은 사람 없어요?"

모리오는 내 어깨에 손을 얹고 카운터 안쪽을 향해 말을 걸었다.

점장인 무로 씨가 프라이팬을 돌리다 말고 이쪽을 쳐다본다. 갈색 빡빡머리에 무시무시한 인상의 아저씨라 처음 가게에 들어섰을 때는 겁이 났지만, 조금 이야기해 보니 몹시 싹싹하고 좋은 사람이었다.

"코요한테 어울릴 만한 사람?"

무로 씨에게도 우리들의 대화가 들렸던 모양이다. 카운

터에 둘러싸인 주방의 크기는 대략 0.5평밖에 안 되니 듣기 싫어도 들릴 수밖에 없나.

"네. 이 녀석 진짜 괜찮은 놈인데 벌써 2년이나 여친이 없어요. 절친으로서 어떻게든 해주고 싶은데."

"아니, 지금은——"

필요 없다니까. 그 말을 미처 하기도 전에 무로 씨가 입을 열었다.

"그러고 보니 나나가 최근에 남친이랑 헤어졌다고 한 거 같은데."

무로 씨는 우리와 대각선 맞은편 방향에 앉아 술을 마시고 있던 여자 이인조를 보며 말했다. 두 사람 다 어려 보인다. 10대라고 해도 통할 법하지만, 이곳은 술을 파는 가게이니 스무 살은 넘었을 것이다.

한 사람은 살짝 갈색빛이 도는 단발머리에, 다른 한 사람은 마찬가지로 살짝 갈색빛이 도는 머리를 어깨까지 길러 굵은 웨이브를 넣었다.

반사적으로 단발머리 쪽이 '나나'였으면 좋겠다고 생각했다. 색소가 옅은 눈동자가 비칠 듯이 투명해서 무척 매력적이었다.

그런 그녀의 눈동자가 깜박깜박 반짝였다.

곧이어 단발머리를 한 여자가 옥구슬 구르는 것 같은 목소리로 웃었다.

"아이참, 무로 아저씨. 그런 걸 큰소리로 말씀하시면 어떡해요."

나의 기대 대로 단발머리 쪽이 나나인 듯했다.

"어, 미안."

무로 씨는 반성의 기미가 전혀 느껴지지 않는 말투로 사과하고서 말을 이었다.

"듣자 하니 저쪽에 있는 청년이 애인 모집 중이라길래 나나한테 소개해 주자 싶어서."

"정말요?"

나나의 투명한 눈동자가 호기심을 띠며 한층 더 반짝였다. 그 순간 시선이 부딪치며 나도 모르게 심장이 쿵쿵 뛰었다. 단숨에 얼굴이 달아오른다. 놀랐다. 귀엽잖아. 하지만 나보다 한참 어리기도 하고, 애초에 저렇게 예쁜 여자가 나 같은 걸 상대할 리가 없지.

"아뇨. 딱히 그런 건 아니고——"

허둥대며 부정하려던 그때, 나나가 말했다.

"좋아요."

무로 씨나 모리오 뿐만 아니라 귀를 쫑긋 세우고 있던

다른 손님들마저도 놀란 듯했다. 갑자기 정적이 찾아온다.

"지금, 뭐라고……?"

모리오는 믿을 수 없다는 표정이다.

"좋아요. 데이트해 볼까요."

나나는 오른쪽 뺨에 보조개를 그리며 웃었다.

✦ ✛ ✦

그날은 온종일 발이 땅에 닿지 않는 기분이었다.

"……님? 이토 선배님?"

정신이 나가 있던 탓에 이름이 불리고 있다는 사실조차 뒤늦게 깨달았다.

얼른 정신을 차려 소리가 나는 방향으로 고개를 돌린다.

미네기시 유코 씨가 내 책상 옆에 서 있었다. 트레이드 마크인 안경에 긴 흑발을 머리핀으로 묶고 전체적인 색상을 베이지 계열로 맞춘, 변함없이 수수한 복장이었다.

"괜찮으세요?"

의아한 듯 고개를 갸웃거리는 그녀를 보고 나는 형식적인 미소를 지었다.

"아무 일도 아닙니다. 죄송합니다."

"아무 일도 없어 보이는 얼굴이 아닌걸요. 오늘은 아침부터 컨디션이 나빠 보이세요."

"그렇습니까? 신경 쓰이게 해드려 죄송합니다. 어제 과음을 하는 바람에."

머리를 쓸어 넘기며 사과하자 미네기시 씨는 어이없어 보이기도 하고, 안도하는 것처럼 보이기도 하는 표정을 지었다.

"그럼 다행이고요. 저번 사가미하라 상속건, 법무국에 가서 등기부 열람하고 왔어요."

"고맙습니다. 어떻던가요?"

"예상대로 조금 성가셔지겠어요. 상속 지분에 아드님의 저당이 포함되어 있는데 저당권자분이 사망하셨거든요. 저당권의 상속인은 아마 그분의 자녀분이실 텐데 이사 가셨는지 주소를 파악할 수가 없고요."

그녀의 말대로 골치 아프게 됐다. 나는 무심코 얼굴을 찌푸렸다.

"네, 알겠습니다. 수고하셨어요."

"다른 지분 소유자분께도 연락해 볼까요? 어쩌면 행방이 불투명한 상속인의 정보를 얻을 수 있을지도 몰라요."

"그렇게 해주시면 감사하죠."

　내가 근무하는 스마일 법무사무소는 소위 법무사 법인으로 가와사키시 나카하라구에 위치한다. 채무 정리, 부당이득금 반환 청구, 이혼, 상속 등 다양한 법률 상담을 접수하고 있다. 그중에서도 부동산 등기와 상업 등기가 주요한 업무로 취급된다. 법무사라고 하면 업무 내용을 상상하기가 어려울 수도 있는데, 한마디로 서류 작성 대행업이라 할 수 있었다. 의뢰인으로부터 위임받아 등기 신청서를 작성하고 등기소에 제출한다. 언뜻 간단한 일처럼 보일 수도 있지만, 특히 부동산 등기는 서식 공간을 채우기만 해도 등기 신청서가 완성되는 그런 단순한 케이스가 드물었다. 상속의 경우, 이전의 상속이 몇십 년도 전에 있었던 일이고 거기다 피상속인이 고인이 되었기 때문에 누구에게 무엇을 얼마만큼 남겼는지 본인의 유지를 확인할 방법이 없었다. 심지어는 상속 물건이 어느 틈엔가 저당 잡혀 있었다거나, 그 저당권이 또 다른 제삼자에게 저당 잡힌다거나 해서 권리 관계가 복잡하게 뒤얽혀 있는 경우도 드물지 않았다. 막상 상속 단계에 들어서고 보니 수십 년 전에 설정된 저당권의 존재가 수면 위에 떠올라 등기 수속을 방해하는 것이다. 복수의 권리자가 존재하는 경우에는 그 전부와 접촉해 조정을 도모해야만 했다. 모든 등기부가 전산화되어 있는 것도 아니어서, 열람을 위해 보관되어있는 법무국까지 걸음을 옮겨야만 하는 경우도 많았다.

뭐라도 되는 것처럼 설명하고 있지만, 사실 나는 법무사 자격이 없다. 어디까지나 내년에 있을 자격시험을 준비하면서 일하고 있는 보조자 입장이다.

"어이, 이토!"

공기를 뒤흔드는 노성에 어깨가 움찔거렸다.

뒤돌아보니 반쯤 열린 소장실 문틈으로 얼굴을 내민 미우라 소장이 안 그래도 쪽 째진 눈을 더 가늘게 뜨며 노려보고 있었다. 딱 붙는 옆 가르마 머리에 더블 슈트. 생명력 넘치는 번질번질한 피부. 스마일 법무사무소라는 상호가 걸려 있지만, 이 사람이 의뢰인을 제외한 다른 사람 앞에서 웃는 모습을 보이는 경우는 거의 없었다.

"네. 무슨 일이십니까?"

"뭐? 무슨 일? 이 등기 신청서 뭐야!"

소장은 오른손에 든 A4 서류철을 짜증스럽게 흔들었다.

나는 허둥지둥 소장 곁으로 다가가 스테이플러로 찍은 서류철을 받아들었다.

소유권 이전 등기 신청서였다. 우리 사무소에서는 법무국에 제출하기 전에 모든 서류를 소장에게 최종적으로 확인받아야만 한다.

"서류에 미비한 점이라도……."

"지금 그걸 말이라고 해! 물건 정보를 잘못 기재하면 어쩌자는 거야!"

내용을 확인해 본다. 직접 작성했다고는 해도 안건 하나하나를 상세하게 기억하고 있지는 않아서 확인차 책상으로 돌아가려고 하자 소장의 목소리가 나를 다시 불러들였다.

"지번이 틀렸잖아. 너 어쩌자는 거야. 이따위 신청서를 제출하면 등기가 제대로 되겠냐고. 그전에 제삼자가 등기를 먼저 해버리면 이 의뢰인은 대항권이 없어질 거 아냐. 그럼 네가 책임질 수 있어?"

그렇게 딱 맞게 등장한 제삼자가 기회를 가로채서 등기 신청을 한다니, 그런 경우가 어디 흔할까.

판에 박힌 이야기를 들으며 폭풍이 지나가기를 묵묵히 기다리고 있자 소장이 등기 신청서를 빼앗아 갔다. 그리고 둥글게 만 그것으로 나의 머리를 두드렸다.

"책임질 수 있냐고 묻잖아!"

통통, 종이로 내 머리를 때리는 우스꽝스러운 소리가 쥐 죽은 듯 조용한 사무소에 유난히 크게 울렸다.

"죄송합니다."

"죄송하다는 말이 듣고 싶댔어! 네가 의뢰인의 재산을 책임질 수 있냐고 묻고 있잖아! 어! 임마! 평당 천만 엔짜리 토지는 비싼 축에도 못 든다고! 네놈 모가지 하나로는 해결도 안 돼! 이 얼빠진 놈! 월급 도둑놈아!"

몇 번이고 두들겨 맞으며 내년에는 기필코 시험에 합격해서 이곳을 탈출하겠노라고 속으로 다시금 맹세했다.

원래는 수업료를 받아도 모자랄 판에 월급까지 주며 실무 경험을 쌓게 해주고 있다는 의식이 있어서인지 시험을 준비 중인 보조자는 약점 잡히기 쉬운 입장이었다. 대학 재학 중에 법무사 시험에 합격, 20대에 단독 개업을 한 이후로 은행과 신용 금고를 직접 찾아다니면서 고객을 모아 온 소장의 실적은 확실히 대단하다고 할 수 있을지도 모르지만, 부하를 장기 말 취급하며 쓰고 버리기를 반복하며 이룬 성과라고 생각하면 나로서는 도저히 존경할 수가 없다.

소장은 있는 대로 한바탕 짜증을 쏟아내더니 나에게 마무리 지으라는 듯 등기 신청서를 집어 던졌다.

"다시 해!"

그리고 그대로 난폭하게 문을 닫고서 소장실로 돌아갔다.

우수수, 등기 신청서가 바닥에 떨어졌다.

"마음에 두지 마. 월급 도둑이라고 할 만큼 많이 주지도 않는 주제에."

근처 책상에 앉아 있던 나카모토 선배가 코를 찡긋거리며 가자미눈으로 소장실을 노려봤다. 서른아홉으로 간부급을 제외하고는 가장 오래된 직원이라고 한다. 이 사무소에 중도 채용으로 입사했을 때 "엉덩이 떼려면 빨리 떼는 게 좋을걸."하고 조언을 해 준 사람이기도 했다. 처음에는 무슨 말인지 이해할 수 없었지만, 일주일쯤 일하고 나니 나카모토 선배가 한 말의 의도가 조금씩 이해됐다. 법무를 맡아보는 곳이라지만 실제로는 근로기준법조차 무시하는 악덕 기업이었다. 그런데도 나카모토 선배 본인이 '엉덩이를 떼지 않는' 이유는 처자식을 먹여 살려야 하기 때문이라고 했다.

나는 나카모토 선배에게 어색한 미소로 답하고 내 자리로 돌아왔다.

책상 옆에는 아직도 미네기시 씨가 서 있었다.

"선배님······."

뭔가 말하려고 하는 미네기시 씨를 향해 나는 가볍게 손을 들었다.

"괜찮습니다."

일부러 헤실헤실 가볍게 웃어 보인다.

"그래도······."

"저는 아무렇지도 않습니다."

실제로 이 사무실에서 일을 시작하고 2년 동안 호통 소리를 얼마나 많이 들었는지 점점 내성이 생기고 있었다. 아무리 불합리하게 생트집을 잡아도 텔레비전 화면 너머로 재해 현장을 보는 듯한, 그런 감각이 느껴졌다.

"죄송합니다."

미네기시 씨가 자꾸만 미안해하는 이유는 조금 전에 내가 혼났던 등기 신청서의 작성자가 실제로는 미네기시 씨였기 때문이었다. 원래 내 몫으로 돌아올 안건이었으나 단순히 소유권만 이전하면 되니 사무소 직원이 나설 필요도 없을 거라며 소장 자신이 미네기시 씨에게 일을 할당했었다. 소장은 필시 자신이 한 말을 잊어버렸다. 일일이 반론해 봤자 불에 기름을 붓는 결과밖에 되지 않을 것 같아서 잠자코 있었다. 설령 자기 잘못을 알아차리더라도 그 사람이 순순히 자신의 죄를 인정할 리는 없었다.

"됐습니다. 조금 전에 지분 소유자분께 연락하기로 한 건, 잘 부탁드리겠습니다."

이야기를 끝내려고 했지만 미네기시 씨는 여전히 미안해했다.

"하지만 전에도 이런 일이 있어서 선배님이 감싸주셨잖아요. 항상 이렇게 민폐만 끼치고."

확실히 다른 직원 대신 혼나는 경우는 많으나, 유난히 미네기시 씨만 폐를 끼치고 있다 느낀 적은 없었다.

"그렇게 마음 쓰실 필요 없습니다. 전 익숙하니까요."

바닥을 차고 의자째로 접근해 온 나카모토 선배가 보이지 않는 술잔을 기울였다.

"어때, 이토 군. 오늘 퇴근 후에."

나를 신경 써서 술자리를 권해 주는 것 같았다.

"죄송합니다. 오늘은 일이 있어서."

"아, 그래. 그럼 다음에 갈까."

"네. 다음에 꼭 부탁드리겠습니다."

그때, 나카모토 선배의 시선이 나를 지나쳐 먼 곳을 보고 있음을 깨달았다. 도로에 접한 창문 쪽이었다.

"저 아가씨, 여길 보는 거 같은데?"

나카모토 선배가 창문 밖을 가리켰다.

그 말에 뒤를 돌아보았다가 깜짝 놀라 눈을 부릅떴다.

"나나……."

어째서 여기에?

나나는 나와 눈이 마주치자 반가운 듯이 양손을 흔들었다. 검은색 니트에 체크 코트를 걸치고 감색 베레모를 쓴 것까지는 따뜻해 보이지만, 데님 쇼트 팬츠 아래로 뻗은 맨다리가 추울 것 같다고 생각하는 나는 이미 아저씨의 영역에 발을 들인 것일까.

"뭐야, 이토 군이랑 아는 사이? 제법이야."

나카모토 선배의 은근한 웃음에 미소로 응할 셈이었지만 의도대로 되었는지 어땠는지는 모른다.

❖ ❖ ❖

연장자인 나카모토 선배의 선창으로 건배를 나눴다.

"크! 역시 나카모토 형님이 추천하신 가게. 꿀맛이네요."

모리오는 잔 속의 맥주를 반쯤 들이켜고 기분 좋은 듯 코를 찡긋거렸다.

"맥주야 어디든 똑같지 뭐."

절친의 과한 아부에 어이가 없을 뿐이다.

"카르파초 모둠 나왔습니다."

미네기시 씨가 점원에게서 건네받은 접시를 테이블 위에 내려놓았다.

"어머, 뭐야. 엄청 맛있겠다! 모리오 오빠, 잠깐만요. 사진 찍게 아직 손대지 마요."

나나의 말에 포크를 든 모리오의 손이 멈췄다.

"그럼 나도 찍을래."

미네기시 씨도 휴대폰을 꺼냈다.

"요즘 사람들은 고양이니 국자니 닥치는 대로 뭐든 찍는단 말이야."

나카모토 선배가 멀찍이서 모르는 사람이라도 보는 듯한 얼굴로 사진을 찍어대는 여성 무리를 보며 말했다.

미네기시 씨는 얼른 사진을 찍고 휴대폰을 넣었지만, 나나는 이것도 아니다, 저것도 아니다 못마땅해하며 여전히 구도를 잡느라 정신이 없었다.

"모리오 오빠. 오빠가 든 포크, 사진에 찍히니까 치워 주세요."

자신을 내쫓듯이 손을 휘저어대자 모리오는 불만스러워

했다.

"맛있는 음식은 막 나왔을 때 먹어야 최고라고."

모리오가 "그렇죠?"하고 동의를 구하자 나카모토 선배가 쓴웃음을 짓는다.

"유코 언니도 다시 찍을래요? 모리오 오빠 때문에 포크가 찍혔을 건데."

미네기시 씨가 휴대폰을 다시 꺼내 촬영한 사진을 확인한다.

"정말이네. 포크가."

그렇게 말하고서 다시 한번 카르파초에 카메라를 향했지만 잠시 후 고개를 갸웃거렸다.

"요즘 들어 카메라가 말썽이네. 이 휴대폰도 벌써 5년이나 됐으니까 이제 슬슬 바꿀 때가 됐나."

그렇게 말하고서 휴대폰을 집어넣었다. 재촬영은 포기인 듯하다.

오로지 나나만이 두 손으로 든 스마트폰의 액정 화면을 진지한 표정으로 바라보며 촬영 버튼을 눌렀다.

도큐 도요코 선 무사시코스기 역 근처에 있는 '네추럴'이라는 이름의 이탈리안 음식점이었다.

나나와 둘이서 식사할 생각이었지만 사무소를 방문한

나나는 어째서인지 모리오와 함께 있었다. 모리오가 말하기로는 나나가 먼저 말을 꺼냈다고 했다. 사람이 많을수록 더 재미있을 거라며 모리오가 말을 꺼내기에 나카모토 선배와 미네기시 씨에게도 권해 함께 식사하게 되었다. 본래 예정은 시부야 근처를 생각하고 있었으나, 다섯 명이나 되다 보니 이동도 쉽지 않아 사무소에서 제일 가까운 역 근처면 되지 않겠냐고 의견이 모여, 나카모토 선배가 이 가게를 예약해 주셨다.

"그건 그렇고 놀랐어. 나카모토 선배님이 '저 아가씨, 여길 보는 것 같은데?'라고 하시길래 그쪽을 봤더니 나나가 있잖아."

나는 맥주잔을 테이블 위에 내려놓았다.

"나나가 이왕 만나는 거 직장까지 찾아가서 놀라게 해 주자 하더라고."

"작전 성공이네요?"

모리오와 나나가 함께 웃는다.

"이쪽이랑 이쪽은 동창이라고 했나?"

나카모토 선배가 잔을 든 손으로 나와 모리오를 가리켰다.

"네."

내가 고개를 끄덕이고 모리오가 말을 덧붙인다.

"고등학교 때부터 친구요."

"근데 고등학교 때는 자주 붙어 다니진 않았잖아."

사이가 나쁘다고 할 정도는 아니었지만, 특별히 친하지도 않았다. 방과 후에는 서로 따로따로 다른 친구와 함께했었다.

"뭐, 그렇지. 친하게 지낸 건 대학 때부터였나. 입학식에서 네가 먼저 말 걸었잖아. '모, 모, 모, 모리오도 이 학교구나.'"

후반은 내 흉내인 듯하나, 데포르메에 악의가 느껴진다.

"그렇게 움찔대면서 말한 적 없거든."

"아니, 딱 이랬어. 버려진 개처럼 불안한 눈을 하고선 말이야."

다들 와르르 웃음을 터트려서 부끄러워졌다.

"그야 촌구석에서 막 올라온 데다 친구도 전혀 없었으니까."

"그래, 그럴 때 고등학교 동창을 보면 반가워지지. 나도 지방 출신이라 이해해."

나카모토 선배가 깊이 공감하며 고개를 끄덕였다.

"나카모토 선배님은 동북 지방 출신이시죠?"

미네기시 씨는 술이 약한 편인지 이미 뺨이 발그스레했다.

"응, 맞아. 아키타. 미네기시 씨는 그……."

"후쿠오카예요."

"후쿠오카구나. 좋은 곳이지."

"저랑 이 녀석은 니가타예요."

모리오가 나를 가리키며 말하자 나카모토 선배가 어리둥절한 표정을 짓는다.

"물어본 적 없는데."

"아, 섭섭하게 왜 그러세요."

"그럼 나 혼자구나. 도쿄 출신은."

나나는 무리에 끼지 못해서 그런지 조금 섭섭해하는 눈치였다.

"도쿄 어디?"

나는 물었다.

"지금은 마치다지만 원래는 이케부쿠로예요."

"이케부쿠로? 사이타마잖아."

모리오가 진지한 얼굴로 말했다.

"아니거든요?"

입을 삐죽 내민 나나에게 나카모토 선배가 나서서 한술 더 떴다.

"마치다도 가나가와고 말이야. 도쿄 사람인 척하더니 사이타마 출생의 가나가와 거주자잖아."

"다들 너무해! 이케부쿠로도 마치다도 도쿄인데!"

여러 개의 음식 접시가 한꺼번에 오는 바람에 대화가 중단됐다.

"다시 원래 얘기로 돌아가서, 이쪽이랑 이쪽은 전 동급생."

나카모토 선배가 나와 모리오를 감자튀김으로 가리킨다.

"나나랑은 어떤 관계야. 대학생…… 이라고 했지?"

"네. 지금 3학년이요."

그러고서 나나는 명문으로 알려진 여대의 이름을 댔다. 학교 이름을 듣고서 어째서 이런 아이가 나나 모리오와 아는 사이가 되었는지 괜한 의혹만 깊어진 듯했다. 나카모토 선배는 몇 번이고 고개를 갸웃거렸다.

그 타이밍에 모리오가 3일 전의 일을 이야기하자 나카모토 선배와 미네시기 씨는 놀라워했다.

"그럼 헌팅이라는 거네."

나카모토 선배가 흥미진진하다는 듯 입술을 오므렸다.

"한마디로 하자면 그렇게 되겠죠? 헌팅 당했습니다."

나나는 아무렇지 않게 대답했다.

"오, 제법이야 이토 군. 다시 봤어."

팔뚝을 툭툭 치는 나카모토 선배를 향해 나는 어색하게 웃었다.

"제가 말을 건 것도 아니고. 그리고 결국 이 녀석이 여기에 있다는 말은, 저는 이용만 당했다는 거잖아요."

내가 모리오를 턱짓으로 가리키자 나카모토 선배는 "그렇군."하고 납득했다.

"그럼 안 되지. 친구한테 여자를 소개해 주겠다는 명목으로 나나한테 말 걸어 놓고서, 정작 중요한 데이트 자리에 모리오 군이 따라오면 어쩌자는 거야."

"나카모토 형님. 연애란 약육강식, 룰이 소용없는 게임이에요. 이용할 수 있으면 절친도 이용해야죠."

힛힛 하고 모리오가 과장된 웃음소리를 낸다.

"봐요. 이 녀석이 이렇다니까요."

내가 질렸다는 듯이 말하자 다들 웃었다.

—데이트해 볼까요.

이치라쿠이치엔에서 나나에게 그 말을 들었을 때, 나는

무심결에 가슴이 두근거리고 말았다. 두 사람만의 데이트인 줄 알고 오늘도 온종일 들뜬 마음에 가만히 있을 수가 없었다. 그리고 문득 생각했다. 어째서 나는 이토록 들떠 있는가. 진심으로 애인 따윈 필요 없다고 생각하는가. 누군가를 위해 내 시간을 희생하고 싶지 않다고 생각했지만, 결국은 희생에 상응하는 매력적인 여성을 만나지 못했을 뿐이었나. 정체성이 뒤흔들렸다. 그래서 나나가 모리오와 함께 나타났을 때는 조금 낙담했고, 동시에 크게 안도했다. 앞질러서 이러니저러니 고민할 필요까지도 없었다. 나나가 쓴 '데이트'라는 단어에 혹했지만, 요컨대 '친구라면 오케이' 정도의 뉘앙스였던 것 같았다.

"유코 언니는 어때요? 지금 만나는 사람 있어요?"

나나가 갑작스럽게 던진 강속구에 미네기시 씨는 조금 멈칫거렸다.

"그러고 보니 미네기시 씨와 이렇게 편하게 이야기할 기회가 없었네."

나카모토 선배가 빈 잔을 점원을 향해 들어 올리며 말했다.

"그러게요. 처음인 것 같아요."

"6개월쯤 됐나? 우리 사무소에서 일 한지."

"내달에 그렇게 돼요."

"일은 익숙해지셨어요?"

나의 질문에 만면의 미소가 돌아왔다.

"덕분에요."

그러나 이내 표정이 어두워진다.

"항상 이토 선배님에게 폐만 끼쳐서 죄송해요."

"괜찮아요. 전혀 마음 쓰지 마세요."

내가 손을 저어도 미소는 금세 돌아오지 않는다.

"그래도, 오늘만 해도 제가 실수한 건데……."

"까놓고 말해서, 뭘 실수했는지는 상관없어. 소장은 그냥 이토 군을 눈엣가시로 보고 뭐든 트집 잡아서 괴롭히고 싶어 하는 것뿐이거든. 그러니까 미네기시 씨 잘못이 아니야. 신경 쓸 필요 없어."

나카모토 선배가 새로 온 잔을 받아들며 어깨를 으쓱거렸다.

그런 대화에는 전혀 관심 없다는 듯 나나가 끼어든다.

"어때요, 유코 언니. 그래서 애인이 있어요, 없어요?"

나나의 샐쭉한 말투에 미네기시 씨는 기죽은 모습으로 고개를 저었다.

"……없어."

의외라는 듯 나나가 자신의 입을 틀어막는다.

"말도 안 돼. 왜요? 이렇게 예쁜데."

"그렇죠?"하고 동의를 구하기에 나는 서둘러 고개를 끄덕였다.

"그, 근데 일하느라 바쁘기도 하고, 연애의 필요성을 느끼지 못하는 시기도 있지 않을까."

내 입장을 투영한 의견은 "그럴 리 있겠냐."하고 연애 지상주의자인 동창생에게 각하됐다.

"왜요? 정말 의외야. 언제부터요?"

"일 년…… 쯤 됐나."

그러자 모리오가 슬금슬금 내 어깨에 손을 얹었다.

"이 녀석은 어때요?"

"야, 모리오. 무슨 소리야."

내 항의를 무시하며 모리오는 계속했다.

"한눈에 보고 반할만한 녀석이 아니기는 한데, 씹으면 씹을수록 맛이 나는 마른오징어 같은 놈이거든요. 무엇보다 정말 착하고 남한테 거짓말도 안 하고 배신도 안 해요. 연애 상대로는 조금 부족한 면이 있을지 몰라도 결혼 상대로는 이보다 더 괜찮은 사람 없을 거예요."

미네기시 씨는 어떻게 반응해야 할지 몰라 곤란해하며

머뭇거리고 있었다.

"그만하라니까. 미네기시 씨가 곤란해하잖아."

나의 말에 미네기시 씨가 당황한 듯 손을 젓는다.

"아, 아뇨. 전혀 안 그래요."

"들었지?"

그렇게 말하며 이쪽을 보는 모리오의 눈은 도리어 초승달이 되어 있었다.

"시끄러. 억지로 붙이려고 하지 마."

애초에 오늘은 나와 나나의 데이트 날이었건만 이 전개는 대체 뭐란 말인가.

"억지는 무슨. 미네기시 씨에게 너라는 인간을 정확히 설명하고 그녀의 대답을 기다리는 건데. 어때요? 미네기시 씨. 이 녀석이요."

나를 가리키는 집게손가락을 붙잡아 내렸다.

"적당히 해라. 화낸다."

내가 부루퉁한 얼굴로 노골적으로 화를 내자 모리오는 두 손을 들었다.

"다 널 생각해서 이러는 거잖아."

"부탁하지도 않은 일은 하지 마."

"나라도 나서야지, 안 그러면 꼼짝도 안 하잖아. 너는."

"그래서, 어때요? 미네기시 씨. 이 녀석은요."

"아······ 그게."

미네기시 씨의 시선이 이리저리 바삐 움직인다.

그녀의 입술에서 말이 나올 낌새를 느끼고 나는 크게 숨을 들이켰다. 실제로 사귀게 될지 어떨지는 차치하고, 자신이 이성으로서 어떻게 평가받는가 하는 점에는 크게 흥미가 있고, 듣는 게 두렵기도 했다.

그러나 말은 미네기시 씨가 아닌 나카모토 선배가 꺼냈다.

"이토 군은 아직 연애에 정신 팔려있을 입장이 아니지. 얼른 시험에 합격해서 지금 일하는 곳에서 벗어나야 하잖아."

"그렇죠."

반은 안도하고 반은 맥이 풀리는 기분이었다.

나나가 자신의 가슴에 손을 얹는다.

"그럼 유코 언니한테는 내가 누구든 소개해 줄게요."

미네기시 씨는 허를 찔린 사람처럼 고개를 들었다.

"괜찮아. 안 그래도 돼."

"세상에, 왜요? 잘생긴 남자 몇 명쯤 소개해 줄 수 있어요. 유코 언니는 예쁘니까 남자 쪽에서도 좋아할 거예요."

"됐어. 괜찮아."

미네기시 씨는 허둥지둥 양손을 흔들어댔다.

나나는 뭔가를 눈치챈 듯 표정이 변했다.

"혹시, 좋아하는 사람 있어요?"

미네기시 씨가 새빨개진 얼굴로 고개를 끄덕인다.

'뭐야.' 나는 내심 복잡한 기분이 들었다. 미네기시 씨는 좋아하는 사람이 있다. 내가 비집고 들어갈 틈은 없었다. 애초에 비집고 들어갈 생각 따윈 없었지만.

"손이 많이 가는 이런 녀석들은 내버려 두고 나한테 예쁜 애 소개해줘."

모리오가 손을 들며 입후보하자 나나가 얼굴을 찌푸렸다.

"흐음, 싫어요."

"왜?"

"나부터 싫은 상대를 어떻게 친구한테 소개해요."

모리오의 말문이 막힌다.

"거 너무하네. 엄청나게 충격받았어."

"그야, 설불리 말했다가 괜히 기대하면 그렇잖아요. 죄송."

나나가 장난스럽게 어깨를 으쓱대자 모리오가 풀썩 고

개를 떨궜다.

✤ ✤ ✤

신발을 벗고 방으로 들어가 침대에 바로 누웠다.

천장이 움직여 나를 엄습하는 듯한 감각에, 취했다는 것을 느꼈다.

나는 3년 전부터 JR오오모리 역에서 도보로 12분 거리에 있는 연립주택에 살고 있었다. 3평짜리 원룸에는 싱글 침대와 책상, 32인치 텔레비전. 그리고 아무렇게나 벗어 던진 옷들이 바닥의 빈 곳을 메우듯이 널브러져 있었다. 직접 밥을 해 먹을 기력도, 시간도 없어서 좁은 주방은 깨끗하기만 했다.

처음에는 일어나서 공부해야 한다는 의무감에 사로잡혀 있었지만, 도중부터 '오늘쯤은 뭐 어때.'하고 태도가 돌변했다. 기분 좋은 겉잠에 몸을 맡기고 오늘 있었던 일을 반추했다. 최근까지 집 회사 집 회사를 반복하는 일상이었기에 어쩐지 현실처럼 느껴지지 않았다. 전혀 연관성이 없는 기묘한 조합의 멤버였다는 점도 현실감이 떨어지는 원인 중 하나일지도 모른다. 처음에는 어찌 되려나 싶었지만, 마지막에는 다들 격 없이 마음을 터놓고 즐거워하는 것처럼 보였다. 나도 즐거웠다. 모리오는 돌아오는 길에 "또 이렇게 다섯 명이 모이자."며 몇 번이고 같은 말을 반복했다.

그건 그렇고 바보 같았구나, 하며 혼자서 홍당무가 된다.

당연히 나나와 둘만의 데이트인 줄 알고 온종일 들뜬 마음으로 지냈다. 하지만 냉정하게 생각해 보니 정체 모를 초면의 남자와 단둘이서 만날 리가 없었다. 그에 상응하는 매력과 행동력이 없음을 자각하고 있는 주제에 왜 혼자서 설레발을 쳤던 걸까. 생각할수록 부끄럽다.

"잘된 거 아냐?"

알코올 냄새가 풍기는 옅은 숨과 함께 혼잣말했다. 그래. 잘 됐어. 이제 막 알게 된 여자와 식사 약속만 잡아도 이렇게 제트코스터를 탄 것처럼 기분이 오르락내리락하는데, 누군가를 진심으로 좋아하기라도 했다가는 그때는 정말 공부가 손에 안 잡히겠지.

—키미히로는 배려가 지나쳐.

문득 2년 전에 헤어진 연인의 목소리가 고막 안에서 되살아났다.

나는 원래 변호사를 지망했다. 대학도 법학부였고 대학을 졸업한 뒤로는 로스쿨에 진학했다. 성실함과 근면함은 본래 미덕으로 받아들여질 수 있는 소양일 수도 있으나, 정작 중요한 사법 시험에 떨어지면 무능함의 증명밖에 되지 않는다. 나는 로스쿨 수료 후에 친 사법 시험에 떨어졌다. 연인이었던 미즈호는 그 원인이 자신에게 있다고 생각했다. 나는 시험 준비를 하는 와중에도 미즈호와 함께하는 시간을 반드시 가졌다. 그 시간을 공부에 할당했더라면 결과는 달라지지 않았을까, 하고 생각한 것 같았다.

그러나 아니다, 미즈호와 함께하겠다고 결정한 사람은 나이니 그 책임도 나에게 있다. 그렇게 말하면 미즈호는 언제나 왜인지 더욱 괴로워 보이는 표정을 지었다. 그러고는 조금 전의 그 말을 내게 했다. 그 후 얼마 지나지 않아 다른 사람과 사귀게 되었으니 헤어지고 싶다는 말을 꺼냈다.

미즈호는 아마도, 나를 공부에 전념시키기 위해 내 곁을 떠났을 것이다. 그렇게 생각하면 너무 자아도취적인가? 하지만 그녀는 "다른 사람과 사귀게 됐어."라는 말은 했어도 "좋아하는 사람이 생겼어." 혹은 "네가 싫어졌어." 같은 말은 한마디도 하지 않았다. 어쨌든 나는 미즈호에게 어울리는 남자는 아니었던 것 같다. 그녀가 떠난 후 사법 시험에 계속 도전할 근성조차 없어서 빠르게 포기하고 스마일 법무사무소에서 낸 구인 공고에 지원했으니까. 거기다 취직한 곳의 근무 환경이 나쁘다고 판단하자마자 이번에는 독립하겠다며 법무사 시험공부를 시작했으니 얼빠진 놈이라는 말을 들어도 반론할 수 없다.

　일을 시작하고 곧장 도가 지나친 장시간의 노동과 소장의 괴롭힘에 후회했지만, 그래도 나카모토 선배의 조언에 따라 '엉덩이를 붙인' 이유는 여기서 도망치면 결정적으로 자신을 싫어하게 될 것 같다는 생각이 들어서 두려웠기 때문이었다. 자신이 착취당하고 있음을 알면서도 그만둘 용기조차 없다. 일 때문에 푸념하면 모리오는 "얼른 그만둬 버려. 굳이 과혹한 환경에 몸을 던져 놓는 이유가 뭐야. 그러니까 악덕 기업이 사라지질 않지."하고 기가 막힌 듯 말했다. 모리오의 주장은 백번 옳다. 그러나 지금 일을 그만둬 버리면 나에게는 아무것도 남지 않는다. 하다못해 자격이라는 무기를 갖고 싶다. 아니, 무기가 아니라 갑옷인가. 그게 없으면 나 같은 겁쟁이는 도망칠 용기조차 나지 않는다.

　그러니까 역시 지금은 여자 친구가 없어도 된다. 지금

누군가와 만나 봤자 미즈호 때와 마찬가지로 괴로운 일을 겪게 할 뿐이다.

그렇게 자신을 타이르며 마냥 이어지는 자문자답에 종지부를 찍으려 하던 그때, 나나가 했던 말이 고막 안에서 울렸다.

─그야, 섣불리 말했다가 괜히 기대하면 그렇잖아요.

나나는 그렇게 말하며 모리오의 부탁을 거절했다. 자기 주장이 꽤 확실한 아이라고 놀라면서, 동시에 처음 만났을 때 했던 그 말이 더없이 의미심장했던 게 아닌가 하는 의문이 들끓었다.

─좋아요. 데이트해 볼까요.

선뜻 그런 말을 하는데 일절 기대하지 않을 남자가 있을까. 정말이지 소악마 같은 여자다. 상대가 나니까 허락한 거라며 속으로 우쭐대지는 말라고 자신을 타일러 왔지만, 어쩌면 그때 그녀가 한 말은…….

"그럴 리 있겠냐. 그냥 취해서 한 말이겠지."

지금은 기억도 못 할걸.

나는 스스로 따끔한 한마디를 하고 베개에 얼굴을 묻은 채 기절했다. 혼자서 이것도 아니다, 저것도 아니다 가정으로만 이야기할 뿐 무엇 하나 행동에 옮기지 못하는 나는, 정말로 한심하기 짝이 없는 남자다.

문득 정신을 차리고 보니 어느새 잠들어 있었다.

머리만 들어 창문 쪽을 보니 커튼 사이로 햇살이 들어와 바닥에 좁고 기다란 양지를 만들고 있었다.

"망했다!"

대체 몇 시간을 잔 거야. 시간을 확인하려고 휴대폰을 찾는다.

이불을 들어 올려 흔들어대자 휴대폰이 툭 떨어졌다.

액정 화면을 확인한다.

아직 7시밖에 되지 않았다. 출근 전에 샤워할 시간은 충분했다.

그 사실에 안도하기 전에 시간 아랫부분에 표시된 알림이 신경 쓰였다. 문자 앱의 알림이다. '새로 도착한 메시지가 있습니다.'라고 표시되어 있었다.

메시지를 확인해 본다.

'오늘 고마워요. 즐거웠어요. 근데 다음번엔 둘이서 놀아요.'

나나였다.

짧은 메시지를 몇 번이고 몇 번이고 다시 읽는다.

"다음번에, 둘이서……."

둘이, 둘이, 둘이…… 잠시 잠꼬대처럼 되풀이했다.

역시 의미심장한 말이었잖아.

⁎ ⁜ ⁎

"좋아. 슬슬 퇴근해 볼까."

나카모토 선배가 가방을 들고 자리에서 일어난다.

벌써 시간이 그렇게 됐나. 나는 창밖으로 눈을 돌렸다.

완전히 해가 저문 어둠 속을 헤드라이트가 왕복한다.

"이토 군은 더 남아 있게?"

이미 다른 직원들은 퇴근하고 사무소에는 나와 나카모
토 선배만 남아 있었다.

"전 정리할 일이 남아서 조금만 더 있겠습니다."

"그렇게 열심히 안 해도 돼. 성실함이 이토 군의 장점인
건 맞지만 너무 성실하게 굴면 우리 소장 같은 악인한테
이용당하고 혹사당할 뿐이라고. 딱 월급만큼의 노동만 제
공하고 남은 시간은 적당히 땡땡이치도록 해."

"물론이죠. 저도 압니다."

나는 씁쓸하게 웃었다.

"근데, 오늘은 미네기시 씨가 아직 안 돌아와서."

"아, 그래?"

나카모토 선배는 그제야 처음으로 알아차린 듯하다.

"미네기시 씨, 어디로 갔는데?"

"아쓰기요. 법무국에 조사할 게 있어서 제가 부탁했거든요."

"몇 시에 나갔지?"

나카모토 선배가 손목시계를 보더니 미간을 찌푸린다.

"아마 두 시간 전쯤이었을 겁니다."

"우리 사무소를 나서서 아쓰기 지국까지 1시간 반일 텐데. 애초에 창구가 5시에 끝나니까 조사량에 상관없이 5시에는 거기서 나왔을 거잖아. 좀 늦는 거 아닌가."

"그러…… 게요."

나는 휴대폰으로 시간을 확인했다. 이미 8시가 지났다. 확실히 늦는다. 연락해 보는 편이 나으려나.

그러나 나카모토 선배는 낙관적이었다.

"어디서 밥이라도 먹고 있겠지. 뭐 어때, 애도 아닌데 굳이 미네기시 씨를 기다릴 필요가 있나. 퇴근하겠다고 연락 한 통 넣어 놔. 미네기시 씨도 사무소 열쇠 가지고 있잖아."

"그렇기는 한데, 제가 부탁한 일이라서요."

"책임감 강하기는. 존경스러워."

그렇게 말한 나카모토 선배는 말과 다르게 조금 질린다는 표정이었다.

나카모토 선배가 내 어깨에 손을 얹었다.

"참 착하다니까. 하지만 선의가 때로는 잔인한 칼날이 되기도 하거든."

어째서인지 그 말 자체가 칼날처럼 나를 세차게 찔렀다.

나카모토 선배가 씩 웃었다.

"막이래. 어때, 시인 같지?"

나는 그 즉시 웃어 보였다.

"그럼 먼저 갈게."

"수고하셨습니다."

나는 사무소를 떠나가는 나카모토 선배의 모습이 완전히 사라지는 것을 기다린 후 휴대폰을 꺼냈다. 조금 전 시간을 확인했을 때에 새로 온 메시지가 있음을 확인했었다.

메시지 창을 열자 나도 모르게 미소가 흘러나온다.

나나다.

'대학교 친구가 그러는데 지금 영화관에서 상영하는 이 미국 애니메이션이 재미있대요.'라는 메시지와 함께 영화

공식 홈페이지의 주소가 첨부되어 있었다. 마블 코믹스 원작의 히어로물로 다른 영화에서 주역을 맡은 캐릭터가 게스트로 다수 출연하는 작품이었다.

기묘한 조합의 5인이 함께했던 술자리로부터 일주일간. 나는 꾸준히 나나와 하루에 서너 번 정도 메시지를 주고받았다.

그녀는 다코야키를 좋아한다. 그녀는 고수를 싫어한다. 노린재 냄새가 나니까. 그녀는 개를 좋아한다. 어린 시절, 학교 가는 길에 어느 집에서 치로라는 이름의 믹스견을 길렀는데 그 개를 만나는 것이 매일의 낙이었다. 언젠가 자신도 커다란 골든래트리버를 기르는 것이 꿈. 그녀는 운동을 못 한다. 하지만 달리기만큼은 잘해서 초등학교 때에 릴레이 선수로 뽑힌 적이 있다. 그녀는 독서를 좋아한다. 읽는 것은 오로지 미스터리. 그녀는 어릴 적에 자신의 의지와 상관없이 피아노를 배웠다. 하지만 정말은 관악기를 동경했기 때문에 중고등학교 때는 브라스 밴드를 했다. 의외로 가정적이며 집에서는 일식을 만들어 먹는다. 하지만 외식을 할 때는 양식파. 그녀는 비 냄새를 좋아한다. 하지만 젖는 것은 싫어한다. 그녀는 아침잠이 많은 편이다. 그녀는 영화를 좋아한다. 감독이나 배우는 잘 모르지만.

　내 안의 메모장에 수많은 '그녀'가 채워져 간다. 그녀와 가까이 지내는 친구에 비하면 아직은 그녀에 대해 아는 것이 한참 부족할지 몰라도, 한 꺼풀씩 얇은 껍질을 벗겨 내듯 그녀의 됨됨이를 알아가는 과정은 무척 가슴이 설렜다.

　지금은 한창 영화 얘기를 하는 중이었다. 조금 전에 그녀가 보낸 메시지는 내가 '바빠서 극장에 안 간 지 꽤 됐는데 요즘 하는 영화 중에 재미있는 거 없어?'라고 보낸 메시지에 대한 답신이다. 어제 오전 중에 보냈는데 웬일로 답신이 늦어지나 했더니 대학 친구에게 물어봐 준 모양이었다. 그 친구에게, 내 얘기도 했을까? 혹시 그랬다면, 나와의 관계는 어떻게 설명했을까? 그 친구라는 사람은 남자일까, 여자일까? 미국 애니메이션을 추천했으니까 역시 남자이려나.

　'그 영화 같이 보러 갈까?'

　몇 번이나 쓰고 지우고, 쓰고 지우기를 반복하다 완성한 문장이 이거였다.

　그러나, 송신 버튼을 누르려니 망설여졌다. 누가 봐도 틀림없는 데이트 신청이 아닌가. 아니, 하지만 요전번만 해도 나는 데이트할 작정이었다. 결과적으로 다섯 명이 술자리를 갖는 꼴이 되었지만. 그녀가 모리오에게 말해 둘이서 함께 온 것은 내 직장을 찾아와 놀라게 할 목적만이 아니라, 단둘이 만나지 않으려고 미리 손을 쓴 예방법은 아니었을까? 하지만 그 후 '다음번에는 둘이서 놀아요.'라는 메시지를 받았다. 그것은 문자 그대로 받아들여서는 안 되는 종류의, 단순한 인사치레였나.

애초에 '둘이서 논다'는 행위가 나나에게는 어느 정도의 의미일까. 아무렇지 않게 남자인 친구와 밤새도록 술을 마시는 여자가 있는가 하면, 둘만의 만남조차 경계하는 여자도 있다. 나나는 어느 쪽이지. 만약 전자라면 내가 이래저래 마음을 졸여 봤자 아무 의미 없는 짓이지만, 후자라면 이것은 중요한 의미가 있는 제안이 된다. 그러나 만일 '둘이서 놀자'는 메시지 자체가 인사치레라면…… 나는 헛다리를 짚은 피에로다. 그녀는 나와 거리를 두게 될 것이고, 매일 허물없이 메시지를 주고받는 지금의 관계도 끝날 수 있다. 하지만 이 관계는, 노력해서 유지해야만 하는 그런 관계인가? 유지한 끝에 뭘 얻을 수 있지? 우정? 매일 빠짐없이 메시지는 주고받아도 둘만의 만남은 조심스러워해야만 하는 우정이란 게 대체 뭐지?

사고가 미궁에 빠진 그때, 출입문이 열리며 미네기시 씨의 목소리가 들렸다.

"다녀왔습니다."

"고생하셨습니다."

얼른 휴대폰을 내리고 웃어 보인다.

슬쩍 시선을 떨구어 휴대폰을 보니 실수로 메시지를 송신해 버린 상태였다. 심지어 바로 읽음 표시가 떴다.

"헉!"

"깜짝이야. 왜요? 무슨 일 있어요?"

갑자기 내가 큰 소리를 내는 바람에 미네기시 씨가 깜짝 놀란 모양이다.

"아, 죄송합니다. 신경 쓰지 마세요."

보내버린 이상 돌이킬 수 없다. 나는 휴대폰을 주머니에 넣었다.

미네기시 씨가 비닐봉지를 들어 올렸다.

"웬 거예요?"

"시폰케이크예요. 선배님이 아직 아무것도 안 드셨을 것 같아서 오는 길에 그랑트리에서 사 왔어요."

그랑트리는 무사시코스기 역 앞에 있는 거대 쇼핑몰이다.

"고맙습니다. 저까지 신경 쓰실 필요는 없는데."

사실 밥을 못 먹기는 했지만, 진심으로 신경 써주고 싶었으면 딴 데로 새지 말고 빨리 회사로 돌아와서 내가 일찍 퇴근할 수 있게나 해주지.

하지만 호의로 한 행동에 불평할 수는 없었다.

"커피 타 올게요."

"아뇨, 괜찮습니다. 그러지 않으셔도 됩니다."

커피까지 타 오게 되면 또 귀가가 늦어진다.

"근데 시폰케이크는 곁들여 마실 게 없으면 먹기 힘들잖아요."

미네기시 씨는 콧노래를 부르며 탕비실로 사라졌다.

이거야 원. 이렇게 또 귀가 시간이 조금 늦춰졌잖아.

휴대폰을 꺼내 확인했지만, 나나의 답장은 아직이었다. 차라리 방금 보낸 메시지는 다른 사람에게 보낼 생각이었다든가, 잠깐의 변덕이었다든가 하는 이유를 대서 잊어달라고 할까. 아니, 오히려 더 보기 흉할 수 있다. 생각해낼 수 있는 최선의 방책은 얌전히 답장을 기다리는 것이다.

그렇게 읽음 표시만 있고 답장이 없는 채로, 나는 미네기시 씨와 시폰케이크를 먹게 됐다.

"으음. 맛있어."

시폰케이크를 입안 가득히 집어넣은 미네기시 씨가 행복하게 웃는다.

"맛있네요."

"그렇죠? 여기 시폰케이크 맛있어서 한 번쯤 선배님에게 맛보여 드리고 싶었거든요."

"저한테요?"

어리둥절했다. 단것을 좋아한다고 미네기시 씨에게 말한 적이 있었나?

"딱히 깊은 뜻이 있어서가 아니고요. 그냥 맛있어서."

미네기시 씨는 손을 휘휘 젓더니 커피잔을 들어 올렸다.

맛있다고 생각한 음식을 왜 나한테 먹이고 싶어 할까. 전혀 이해되지 않지만 어쩐지 미네기시 씨가 흐뭇해하는 것 같으니 그 이상은 추궁하지 않기로 했다.

"오늘도 늦어서 죄송해요. 제가 올 때까지 기다려 주셔서 감사해요."

"감사는요. 제가 부탁한 일이지 않습니까."

미안하다고 하지 말고 그냥 일찍 와 주지.

"선배님께는 항상 폐만 끼치고, 아무리 감사드려도 모자라네요."

"마음 쓰지 않으셔도 됩니다. 저야말로 늘 도움 주셔서 감사합니다."

"자상한 분이시네요."

"아뇨. 제가 무슨…… 남들이랑 비슷한 정도죠."

나는 어쩐지 쑥스러워서 뒤통수를 벅벅 긁었다.

"자상한 분이에요, 이토 선배님은."

미네기시 씨가 단호히 말하고서 쓸쓸히 눈을 내리뜬다.

"보통 그렇게까지 자상한 남자는 없거든요."

그녀의 고뇌가 느껴지는 말투에 불현듯 분위기가 침울해졌다.

뭐든 분위기를 바꿀만한 화제를 찾아야 하는데. 그렇게 생각해서 찾아봤지만 금세 화제를 찾아낼 수 있을 정도로 나는 대화에 능숙한 사람이 아니다.

먼저 입은 연 것은 미네기시 씨 쪽이었다.

"저, 불륜했어요."

그런 이야기를 왜?

나는 당황스러워하며 먹다 만 시폰케이크를 접시에 돌려놓아야 하나, 입에 넣어야 하나 고민했다.

결국, 접시에 돌려놓았다. 아마도 중대한 고백을 하려는 것이다. 이럴 때 시폰케이크를 볼이 빵빵하도록 집어넣는 것은 무례한 행동인 듯싶다.

"지금은 아니죠?"

제일 먼저 떠오른 것은 소장의 얼굴이었다.

얼마 전 술자리에서 나나의 질문 공세를 받았을 때 사귀는 사람은 없지만 좋아하는 사람은 있다고 대답했던 것 같았다. 그때 머뭇거리며 대답했던 이유는 혹시 우리가 아는 인물이 그 상대라서가 아닐까. 하지만 그렇게 짐작한들 이런 화제를 어떤 식으로, 어느 정도로 파고들어야 하는지 나로서는 알 길이 없었다.

미네기시 씨가 고개를 저었다.

"아녜요. 훨씬 전에, 벌써 6년도 전에 끝난 얘기예요."

"그렇군요."

난 또. 그래, 그건 좀 아니지.

미네기시 씨가 자조적으로 웃는다.

"그 사람은 제가 갓 졸업하자마자 입사한 곳의 상사였어요. 유능한 데다 늘 저의 부족한 면을 채워주는 믿음직한 모습에 저도 모르게 끌리게 됐죠. 그 사람도 처음에는 아내와 헤어지고 저와 함께하겠다고 했어요. 하지만, 그런 약속이 정말 지켜지겠어요? 끔찍이 사랑하는 딸도 있는데. 아마 당시에 중학생쯤이었나. 그 사람의 아내에게 불륜 사실을 들킨 뒤로는, 그 사람의 아내에게 시달려야 했고 어쩌다 보니 직장에까지 소문이 퍼지게 됐죠. 거기다 태도까지 싹 돌변해서 자상하던 그 사람이 어찌나 차갑게 굴던지…… 결국에는 부장님에게 불려가 자진 퇴사를 강요받았어요."

"너무하네요."

민법에 비춰보면 불륜 상대의 아내는 남편의 부정행위에 원인을 제공한 미네기시 씨에게 위자료를 청구할 수 있다. 그러나 직장까지 빼앗은 것은 지나친 처사다.

"나나가 저한테 남자를 소개해 주겠다고 했죠? 나나의 마음은 기뻤지만 제 마음 한구석에는 도저히 남자를 신용할 수 없는 부분이 있어서요. 사람을 깊게 사귀는 것도 무서워서 그 회사를 나온 뒤로는 계속 아르바이트나 시간제만 하고 있어요."

"그러셨군요."

불륜 때문에 생긴 상처가 아직도 아물지 않았구나. 나랑 한 살밖에 차이가 안 나는데, 인생은 참 각양각색이네.

"하지만, 선배님은 믿어도 될 것 같아요. 빈말이 아니라 자상한 사람이라고 진심으로 그렇게 생각하거든요."

"아닙니다. 그렇게 말씀해 주셔서 기쁘지만 과대평가입니다."

나는 쓴웃음을 지으며 손을 저었다. 과대평가고, 솔직히 조금 부담스럽다. 무엇보다 그녀에게는 좋아하는 사람이 있다고 하지 않았나…….

그러나 미네기시 씨는 고개를 저었다.

"아뇨. 과대평가라뇨. 선배님은 자상한 분이세요. 지금까지 저를 몇 번이나 도와주고 감싸주셨잖아요. 저, 믿고 있어요. 이 사람은 배신하지 않는다고."

묘하게 중압감이 느껴지는 말에 얼굴이 굳는다.

"감사합니다. 새로운 사랑이 결실을 보길 바랍니다."

그러자 미네기시 씨의 표정이 순간 환해졌다.

"정말 그렇게 생각하세요?"

"물론입니다. 동료의 행복을 바라는 것은 당연한 일입니다. 응원하겠습니다."

어쩐지 수상쩍은 분위기를 감지하고 '동료'라는 말을 강조해 봤지만 그다지 소용은 없어 보였다.

"어머, 세상에. 고마워요. 키미히로 씨가 저를 그런 식으로 생각해 주셨다니."

그런 식이라니, 어떤 식?

아니 그보다, 지금 나 이름으로 불리지 않았나?

무슨 심경인지는 몰라도 못들은 셈 치자.

나는 얼른 시폰케이크를 먹어 치우고 돌아가야겠다는 생각에 포크를 움직였다.

그리고 마지막 한 조각을 입에 넣은 그때, 미네기시 씨가 "아!" 하고 무언가 생각난 듯 얼굴 앞에서 두 손을 마주 쳤다.

"왜 그러시죠?"

"별 건 아닌데……."

자리에서 일어난 미네기시 씨가 자신의 가방을 뒤적인다.

뭔가 티켓 같은 것을 꺼내더니 나에게 내밀었다.

"뭐죠, 이게."

"어쩌다 들어온 거예요. 영화 예매권. 평상시 잘해 주신 데에 대한 감사와 폐를 끼친 데에 대한 사과의 의미로, 괜 찮으시면…… 저랑 같이 가실래요?"

표를 들여다보고 깜짝 놀랐다.

예매권은, 조금 전 내가 나나에게 함께 가자고 권했던 영화의 것이었다.

❖ ❖ ❖

경련을 일으키는 듯한 웃음소리가 전화기에 울린다.

나는 휴대폰을 얼굴에서 떼어내고 잠시 모리오의 웃음이 잦아들기를 기다렸다.

텔레비전 소리가 귀에 거슬리기에 리모컨으로 전원을 끄고, 침대에 책상다리를 하고 고쳐 앉았다.

웃음소리가 들리지 않기에 다시 한번 휴대폰을 귀에 댔다.

"아, 이것 참, 진짜 미안. 좀 웃겨서."

"조금은 무슨. 실컷 웃어 놓고."

"근데 잘됐다. 안심했어. 마침내 너에게도 인기 폭발의 전성기가 찾아왔잖아."

"인기가 있는지 어떤지는……."

"너 그걸로 인기 없다고 그러면 정말 인기 없는 녀석한테 찔려도 할 말 없어."

그럴지도 모르지만.

"근데, 나는 아직 연애할 생각이 없단 말이야."

"그럼 언제 하게."

"그거야, 법무사 자격을 딴 다음에 독립하고 나면."

"독립의 기준이 뭔데."

"그거야, 사무소만 차리면 그때부터 시작이지."

"내가 자세히는 모르지만 그래도 법무사라는 게 손쉽게 개업하고 금세 손님이 몰려들어서 얼씨구나 할 수 있는 그런 일이야?"

"당연히 아니지."

"그럼 분명히 넌, 만에 하나 자격을 따고 거기다 개업까지 한다 해도 아직은 일이 궤도에 안 올랐다느니 하는 핑계로 아직 여친은 필요 없다고 말할 게 뻔해."

모리오의 단언에 "윽!"하는 신음이 새어 나왔다. 과연 오래된 인연답다. 아픈 곳을 찔러 온다. 부정할 수 없다.

"네가 여친을 갖고 싶다고 생각하는 시기가 5년 뒤일지, 10년 뒤일지는 몰라도, 그때 너하고 사귀고 싶다고 말해 줄 여자가 있을 거라고 전제하는 건 오만한 거 아냐? 네가 마음에 드는 여자한테 먼저 나서서 대시 하는 타입이면 그럴 수도 있는데, 그런 타입이었으면 애초에 이렇게 끙끙댈 리가 없지."

이 녀석이 잘도, 급소만 정확하게 공격하네.

나는 어쩔 수 없이 억지를 부렸다.

"지금도 사귀냐 마냐 그런 얘기할 단계가 아니고, 괜히 나서서 안달복달할 단계도 아니거든?"

"그래, 네가 그렇게 생각함으로써 여자랑 마음 편히 놀러 다닐 수 있다면 난 그걸로 됐다."

"어쩐지…… 말에 가시가 있다, 너?"

"당연하지, 코요 네가 그렇게 가벼운 마음으로 여자랑 놀러 다닐 수 있는 놈이었으면 굳이 나한테 전화했겠냐?"

지적이 너무 정확해서 찍소리도 안 나왔다.

모리오가 문득 가볍게 웃는다.

"근데, 하필이면 같은 영화냐."

그렇다. 미네기시 씨의 권유를 뿌리치지 못해 승낙한 후, 퇴근길 전철 안에서 나나가 보낸 문자를 받았다. '얏호! 가요!'라는 더할 나위 없이 가벼운 내용이었다. 알 수 없는 고양과 설렘을 느낀 나는 지금 당장 할 얘기가 있다고 모리오에게 문자를 보냈다.

"둘 다 가면 되잖아. 근데 가더라도 '사실 나는 먼저 봤다.'고 신고하면 나중에 같이 간 사람한테 실례니까 두 번째라는 사실은 숨기는 편이 나을 거야."

"그래도 괜찮을까."

"야, 코요. 네가 무슨 초등학생이냐. 뭐든 솔직하게 말하는 게 절대적인 미덕은 아냐. 거짓말도 하나의 방편이라는 말도 있잖아."

"응. 그건 아는데."

"뭐가 마음에 걸려서 그래."

"으음, 설명하기는 어려운데……."

뭐라고 해야 하나. 선뜻 떠오르질 않는다.

"정말 이래도 되나 싶어서. 나나한테 데이트 신청을 해 놓고, 미네기시 씨의 권유를 거절 못 했잖아."

"뭐 어때서."

모리오는 슬슬 성가시다고 느끼는지 조금 무책임한 대답을 던졌다.

"대충 대답하지 말고."

"넌 만사를 너무 확대해석해. 고작해야 여자랑 영화 보러 가는 건데 스물여덟이나 되어서는 뭔 호들갑이야. 양다리라도 걸친 줄 알아? 너 아직 그 두 사람하고 아무 관계도 아니야. 애초에 상대방이 널 좋아하는지 어떤지조차 모르잖아. 그런 상황에서 상대방에게 미안해하는 것 자체가 자의식 과잉이야. 나나나 유코 씨는 네가 생각하는 만큼 영화 보러 가는 것에 큰 의미를 두고 있지 않을 수도 있어."

"그런가."

"그렇다니까. 그럼 한 가지 묻자. 나나가 너랑 영화 보고 온 후 바로 다음 주에 다른 남자랑 다른 영화를 보러

가. 그걸 알고 넌 뭐라고 생각할까?"

"영화 정도로 뭐라 하겠어."

아마도 그렇다. 아니, 실은 잘 모르겠다. 나는 연애를 너무 멀리하며 지냈는지도 모른다.

"거봐."

그러나 모리오는 의기양양했다.

"네 생각이 그러니까 상대방도 그렇겠지. 아직 질투할 만한 사이도 아니니까 너 좋을 대로 하란 말이야. 애초에, 주위 여자가 다 널 좋아하기라도 할까 봐 그래? 그 얼굴로."

"얼굴 얘기는 쓸데없이 왜 하냐."

반박은 했지만, 왠지 마음이 가벼워졌다. 모리오의 말 대로 자의식 과잉이었는지도 모른다.

"알았어. 다녀올게."

"그래. 그러란 말이야. 이만큼 상담해 주었으니까 나중에 꼭 보고하고."

"오케이."

"끊는다." 하고 목소리가 막 멀어지려던 참에 "모리오." 하고 녀석을 불렀다.

"왜."

"그…… 너는 괜찮아? 내가, 나나랑 가까이 지내도."

잠깐의 침묵 후, 모리오가 말했다.

"만사를 너무 확대해석한다니까."

호탕한 웃음소리와 함께 전화는 끊겼다.

＊　✛　＊

5일 후.

스크램블 교차점을 건너 시부야 츠타야에 들어서자마자 매장에 서 있는 나나를 발견했다. 청바지에 반질거리는 다운재킷을 맞춰 입고 머리에 동글동글한 장식이 달린 니트캡을 쓴 나나는, 여전히 젊음이 넘치는 코디여서 나도 모르게 기가 죽었다. 나는 샐러리맨의 휴일 정석 패션인 치노 팬츠에 테일러드 재킷을 입었다.

나나는 헤드폰을 쓰고 음악에 집중한 듯 진지한 표정을 짓고 있었다. 보아하니 시험 삼아 새로 나온 CD를 듣고 있는 모양이다. 곧장 가지 않고 매장을 빙 둘러 나나의 등 뒤로 들어갔다. 누구인지는 모르지만 아티스트의 앨범이 막 발매되었는지 특설 코너는 화려한 패널과 POP로 장식되어 있었다. 미리 음악을 들어볼 수 있는 시청기는 두

대인데 그중 한 대 앞에 뒤돌아선 나나가 있었다. 남은 한 대 앞에는 젊은 커플이 헤드폰을 서로 번갈아 끼며 음악을 듣고 있다.

커플은 이내 떠났다. 살짝 장난을 치고 싶은 마음에 나는 커플이 있던 시청기 앞에 섰다.

헤드폰을 쓰는 척하며 힐끔힐끔 나나에게 시선을 던져 본다.

나나는 고개를 까닥이는 느낌으로 느긋하게 리듬을 타며 음악에 푹 빠져 있었다. 나를 전혀 알아차리지 못했다. 나는, 때때로 움직이는 그녀의 속눈썹이 무척 길다는 사실을 알아차렸다. 원래부터 길었는지, 화장 때문인지는 모른다.

그녀는 속눈썹이 무척 길다. 내 안의 메모장에 새로운 '그녀'가 기록되고 동시에 가슴속이 꼭 죄어든다.

헤드폰을 손에 든 채 잠시 그녀의 옆모습을 지켜보고 있자 나나가 힐끔 이쪽을 쳐다봤다. '이 사람 뭔데 날 계속 보지. 기분 나빠.'하고 불쾌해하는 눈초리로.

그러나 이내 놀란 표정으로 이쪽을 다시 본다.

나나는 얼른 헤드폰을 벗으며 자신의 가슴에 손을 얹었다.

"깜짝이야!"

"뭘 그렇게까지 놀라."

대충 이런 식으로 대답하면서도 나나의 반응에 만족한 나.

"어, 근데 약속시간까지 아직 30분쯤 남았잖아요."

집에서 조용히 기다려 보려고 해도 도무지 가만히 있을 수가 없어서 일찌감치 집을 나서고 말았다. 그랬더니 나나가 이미 와 있었다. 혹시 나나도 같은 마음이었던 걸까. 이것도 자의식 과잉인가.

"뭐 들어? 밴드?"

'FUNKIST', 펀키스트라고 읽나. 시청기를 장식한 패널에는 포즈를 취한 남성 4인조의 사진이 함께 있었다.

"글쎄요. 저도 몰라요. 이 사람들 밴드인가? 그냥 보이길래 시간 때울 겸 들어봤는데."

나나는 미련 없이 헤드폰을 홀더에 걸고 "가요."하고 걸음을 내디뎠다.

나는 나나를 뒤쫓아 가서 나란히 옆에 섰다.

"영화는 몇 시부터예요?"

나나가 나를 올려다본다.

"3시 반 회차. 인터넷으로 예약했으니까 직전에 가면

돼."

이렇게 나란히 서서 걸어보니 그녀는 의외로 자그마한 편이다. 나는 머릿속 메모장에 기록했다.

"자리는요?"

"맨 뒷열 정중앙."

"오, 코요 오빠. 뭘 좀 아시네요. 저 혼자서 볼 때도 항상 뒷열이거든요."

"혼자서 영화관을 간다고?"

늘 주위에 친구가 있을 법한 인상이라 의외였다. 메모장에 기록해야 할 새로운 사실인가.

그러자 나나는 혀를 빼꼼 내밀었다.

"미안, 살짝 과장했어요. 처음으로 혼자서 영화 보기에 도전해 볼까 해서 전에 딱 한 번 혼자 가봤어요."

"딱 한 번?"

"응. 한 번."

혼자서 영화를 보는 취미는 메모장에 기록하기에 아직 이른 듯하다.

상영까지 아직 시간이 있으니 카페에서 조금 시간을 보내자고 이야기했다.

"그건 그렇고, 시부야는 역시 사람이 많네."

앞에서부터 몰려드는 인파를 피하려다 나나와 떨어질 뻔한 나는 허둥지둥 빠른 걸음으로 그녀를 뒤쫓았다.

"시부야는 잘 안 와요?"

"대학 때 말고는. 동아리 회식을 시부야에서 했거든."

"그게 몇 년 전인데요?"

"7, 8년쯤 됐나."

말하던 중에 그 세월이 그대로 나랑 나나의 나이 차라는 것을 깨달았다. 멀리서 보면 과연 우리는 잘 어울리는 커플처럼 보일까? 설마 아빠와 딸처럼 보이지는 않겠지만, 원조교제라든가 사연 있는 연령차 커플처럼 보이면 싫은데.

"그럼 혹시, 도요코 선 플랫폼이 지하로 바뀐 뒤로는 처음이에요?"

"응. 놀랐어. 지상으로 나오려면 꽤 시간이 걸리겠더라. 그거 좀 불편하지 않아?"

"친구 중에 도요코 선으로 통학하는 애들이 있는데 다 그러더라고요."

나나가 들어간 곳은 스크램블 교차점에 접한 록시땅 카페라는 가게였다. 여자 손님이 많고 세련된 데다 좋은 향기까지 나서 살짝 주눅이 드는 분위기였다.

먼저 온 손님이 몇 팀 정도 기다리고 있어서 15분 가까이 기다린 후에야 스크램블 교차점이 내려다보이는 카운터석으로 안내됐다. 마침 자리에 앉은 타이밍에 보행자용 신호등이 파란불로 바뀌었는지 사람들이 와글와글 건널목 위에 넘쳐났다.

"우와. 다시 보니까 엄청나네, 사람이."

내가 휘파람 부는 시늉을 하자 나나가 말했다.

"마치 쓰레기 같구나."

순간 의외로 입이 험한 아이구나 하고 표정이 굳었지만 이내 알아차렸다.

"'라퓨타'구나."

영화 '천공의 성 라퓨타'에서 악역인 무스카 대령이 한 유명한 대사 "보아라. 인간이 마치 쓰레기 같구나."를 흉내 낸 거였다.

"휴, 다행이다. 알아차려서."

나나가 기쁜 듯이 웃었다.

"아니, 뭐 순간적으로 '큰일 날 친구네.' 하는 생각이 들긴 했지만 말이야."

"역시 그랬어. 방금 표정이 엄청났거든요. 아차, 했다니까요."

둘이서 함께 웃었다.

"미야자키 애니, 좋아하는구나."

"네. 아니, 그런데 싫어하는 사람도 있어요?"

나나는 미야자키 애니를 좋아한다. 메모장에 적어둔다.

"나는 좋아하지만 그런 사람도 있지 않을까."

말은 그렇게 했지만 실제로 내가 본 미야자키 애니는 '라퓨타'뿐…… 이라는 말은 이제 하기 힘든 분위기가 되었다.

"미야자키 애니 중에서는 뭘 좋아해요?"

이거 봐, 거짓말 따위 할 게 못 된다니까.

"글쎄."

잠시 곰곰이 생각해야만 했다.

"토토로?"

이 작품 정도는 나도 그럭저럭 알고 있다. 토토로, 고양이 버스, 그리고 뭐더라, 그 까맣고 복슬복슬한 생명체.

"진짜요?"

나나가 너무 놀라는 모습을 보니 지나치게 유치한 선택이었나 하는 생각이 들었다.

그러나 나나는 자신을 가리키며 말했다.

"나도! 나도 '토토로'를 제일 좋아하는데! 인형도 있어요!"

"정말?"

"네. 엄청난 우연이네요. 둘 다 '토토로'를 좋아하다니."

"그런가?"

그만큼 인기 있는 국민 애니메이션이면 썩 대단한 확률은 아닌 것 같은데. 무엇보다 사실은 '토토로'를 안 봤으니까. 아무튼, 오늘은 돌아가는 길에 대여점에 들러서 '토토로' DVD를 빌리자.

점원이 주문을 받으러 왔기에 나는 커피, 그녀는 로즈티를 주문했다.

주문을 받은 점원이 사라진 후, 나는 작은 목소리로 말했다.

"여기, 꽤 나가네. 비싼 편 아냐?"

메뉴를 보니 음료만 해도 천 엔 가까이.

"근데 이 가게는 티 포트로 나오니까 두 잔은 마실 수 있어요."

"그렇구나."

두 잔을 마실 수 있으니 한 잔에 해당하는 금액은 반이 된다. 그 정도면 적당하군. 이해함과 동시에 한 가지 사실을 깨달았다.

"앗! 잠깐만. 영화 시작까지 앞으로 20분 정도밖에 안 남았잖아."

주문한 음료가 나오기까지 몇 분이 걸릴지는 모르겠지만, 가게 안은 손님으로 북적였다. 곧바로 나올 리는 없지 않나. 절대로 두 잔은 못 마신다.

예상대로 커피와 로즈티가 담긴 티 포트가 우리 앞에 나란히 놓일 때쯤에는 상영 개시까지 10분이 남아 있었다.

어떻게든 한 잔은 비웠지만, 연거푸 두 잔은 아무래도 힘들었다.

"남기고 갈까?"

나나는 나의 제안에 고개를 저으며 포트에 남은 로즈티를 잔에 따른다.

"안 돼요. 남기고 가면 한 잔에 9백 얼마지만 전부 마시면 한 잔에 4백 얼마란 말이에요."

급하게 잔에 입을 대보지만 아무래도 나나는 뜨거운 것에 약한 모양인지 난처한 얼굴로 입술을 뗐다. 그런데도 과감하게 도전하는 모습이 귀여워서 웃고 있자, 나나가 나를 야단쳤다.

"웃지 말고 코요 오빠도 얼른 마셔요!"

"으, 응."

서둘러 잔을 비우고 가게를 나선다.

어느새 상영 개시까지 남은 시간은 5분.

가게를 나와 인파를 헤치며 나아간다.

"아마 10분이나 15분 정도 예고가 나올 거니까 예고편 도중에라도—"

내가 제시한 타협안은 "안돼요!"하고 곧장 기각됐다.

"영화는 예고편부터가 시작이라고요!"

마음은 잘 알지만 다름 아닌 이 인파다. 분명히 직선거리로는 얼마 안 될 텐데 좀처럼 앞으로 나아가 지지가 않는다.

하지만 그런 생각은 아무래도 나만 하는 모양이다. 나나는 스르륵 미끄러지듯이 인파를 헤치며 앞으로 나아갔다. 뒤쫓아가는 나와 나나 사이에 한 사람, 또 한 사람씩 끼어들며 조금씩 거리가 벌어졌다.

마침내 나나가 뒤를 돌아봤을 때는 나와 5미터도 넘게 떨어져 있었다.

그때였다.

되돌아온 나나의 왼손이, 나의 오른쪽 손목을 붙잡았다.

어……

예상치 못한 일에 굳어 버린 나를 나나가 큰 소리로 채찍질했다.

"어서!"

손목을 힘껏 잡아당기는 힘에 나는 고꾸라지듯 앞으로 나아갔다. 내 손목에서 떨어진 나나의 손가락이 무언가를 찾듯 나의 손바닥 위를 움직인다. 그리고 내 손바닥에 나나의 손바닥이 포개지며 손과 손이 하나로 이어졌다. 그 순간, 온몸에 전류가 흘렀다.

나나는 내 손을 끌고 거침없이 인파를 누비며 나아갔다. 나나가 다다른 곳을 뒤따라가면 나도 어려움 없이 앞으로 나아갈 수 있었다. 나나가 빠른 이유는 자그마한 체격 덕분인 줄로만 알았는데 아무래도 내 생각이 틀렸던 모양이다. 인파를 헤치고 나아가는 내 솜씨가 치명적으로 형편없었던 거다.

영화관에 들어가 예약한 티켓을 발매기에서 발권했다. 개찰구를 통과해 극장 안으로 들어가서 "죄송합니다."를 연발하며 먼저 착석한 손님들 앞을 가로질러 자리에 앉았다.

그것과 거의 동시에 예고편이 시작됐다.

정말로 딱 맞춰 왔잖아.

믿기지 않는 심정으로 옆을 보니 나나도 이쪽을 보고 있었다. 웃고 있었다. 나도 웃었다. 나는 예고편을 보는 동안 뿜어져 나온 땀을 몇 번이고 닦아냈다.

영화는 평판대로 재미있었다. 다만, 애니메이션이다 보니 데이트 분위기는 나지 않았고 여자가 좋아할 만한 내용인지도 확신이 서지 않았다. 힐끔힐끔 곁눈질로 분위기를 살펴보니 나나도 재미가 없지는 않아 보였다.

엔딩 크레디트가 다 올라가고 극장 안에 조명이 켜졌다.

관객이 일제히 돌아갈 준비를 하느라 소란스러워진 객석에, 나나는 좌석에 앉은 채로 흥분된 기색을 띠며 말했다.

"아, 재미있었다, 그렇죠?"

그녀는 벗어둔 다운 재킷을 품에 끌어안으며, 살짝 치켜뜬 색조 옅은 눈동자로 나를 올려다봤다. 같은 것을 보고 같은 것을 느꼈다고 생각하니 어쩐지 가슴이 벅차올랐다.

우리는 영화관을 나와 시부야 역을 향해 걸음을 내디뎠다. 마침 태양이 저물기 시작한 시간이라 그런지 하늘이 유난히 붉게 물들어 있었다.

문득 나나가 이쪽을 돌아봤다.

"미안해요."

"응? 뭐가?"

"저 때문에 영화 시작 전에 뛰었잖아요."

두 팔을 흔들어 달리는 제스처를 취하며 나나가 미소지었다.

"아냐. 평소에 부족하던 운동량을 채우기에 딱이었어. 상영 시간에도 맞췄잖아."

"그럼요. 딱 맞췄죠."

나나가 우쭐대며 두 주먹을 허리에 얹었다.

"코요 오빠는 포기가 빨라요. 마시던 걸 놔두고 가자, 예고편은 포기하자, 그런 말 했었죠? 하지만 끝까지 포기 안 하면 전부 해낼 수 있어요. 그러니까 원하는 게 있으면 꼭 솔직하게 표현하시라고요!"

포기가 빠르다. 확실히 그 말이 맞았다. 나는 포기가 빠르다. 포기하지 않았더라면 지금보다 더 많은 것을 손에 넣었을까. 잃지 않아도 됐을까.

문득 무언가를 떠올리며 미소짓는 나를 나나가 들여다본다.

"뭐예요?"

"갑자기 나나가 했던 그 말이 생각나서. 영화는 예고편 부터가 시작이다."

의연한 말투가 공부 못하는 학생을 격려하는 선생님 같았다.

"아하. 그거."

나나가 빙긋 웃는다.

"참 명언이야."

"그래요?"

"그리고 초등학교 때 선생님이 하시던 훈화 말씀 같아. '소풍은 집에 돌아갈 때까지가 소풍입니다.'"

"정말이네."

우리는 함께 웃었다. 오늘은 온종일 웃을 일뿐이다. 이렇게 웃어 본 게 얼마 만인지.

나란히 걸어가는 길에 서로의 팔이 닿았다. 나의 오른쪽 손등이 그녀의 왼손에 닿아 허둥지둥 손을 뺐다.

문득, 영화관으로 뛰어갈 때 잡았던 그녀 손의 감촉이 떠올랐다.

예고편을 놓치기 싫어서 한 돌발 행동, 그 이상의 의미가 있었을까. 가령 같이 간 사람이 내가 아닌 다른 사람이었다 해도 나나는 그 상황에서 손을 잡았을까. 나여서 잡은 걸까. 혹은 정말로 무의식에 가까운 행동이라 나나 자신은 거의 기억 못 하는 것일까.

지금 한번 잡아 볼까, 그녀의 손을. 그러면 확실해질 텐데.

그러나 용기가 나지 않는다. 그녀의 뒤를 조금 떨어져 걸으며 언제쯤 그녀의 왼손을 잡을까 호시탐탐 노리는 모습이 수상한 사람처럼 보일지도 모른다.

결국, 스크램블 교차점에 도착한 우리는 나란히 멈춰 서게 되었다.

저기 저 횡단보도의 신호가 파란불이 되면, 이제는 작별이다.

나는 신호등 옆에 서서 시시각각 작별의 시간을 향해 나아가는 카운트다운 타이머를 원망스럽게 바라보았다. 그러나 원망만 할 뿐 이렇다 할 구체적인 행동도 없이, 결국 신호는 파란색으로 변했다.

우리는 스크램블 교차점을 건너 JR시부야 역 개찰구 앞에 도착했다.

나나가 발꿈치를 축으로 빙그르르 돌아선다.

"오늘 불러줘서 고마워요. 즐거웠어요."

"저기……."

다음 약속도 잡지 않은 채 이대로 헤어지기는 싫다.

그래, 원하는 것은 솔직하게 표현하자.

"응?"

나나가 고개를 갸웃거린다.

"괜찮으면, 바, 밥 같이 먹을까? 이 뒤에, 따로 약속 없으면."

기세 좋게 꺼낸 말치고는 말꼬리가 갈수록 영 맥이 없었다.

아무튼, 말해 버렸다.

그녀는 조금 놀랐는지 눈을 동그랗게 뜨고서 입을 살짝 벌렸다. 그러더니 의미심장해 보이는 눈빛을 내게 보낸다. 고작 몇 초간의 침묵이 영원처럼 느껴진다. 도망치고 싶어진다. 이미 내뱉은 말을 다시 주워 담고 싶어진다.

뭐든 침묵을 채울 만한 말을 찾아야 하나. 하지만 이런 상황에서 말해 봤자 시답잖은 말만 해댈 것 같았다.

"늦었어요."

뾰로통한 나나의 말투에 나는 거절당한 거로 생각했다.

그러나 아니었다.

"늦었잖아요, 코요 오빠. 계속 기다렸단 말이에요, 그말."

나나가 싱긋이 웃으며 오른쪽 뺨에 보조개를 그렸다.

＊ ✦ ＊

　나는 JR오모리 역 북쪽 출구로 나오자마자 모리오에게
전화를 걸었다.

　얼마 동안 발신음이 계속된 후, 찰카다대는 시끄러운 소
리가 나고 다시 잠잠해졌다.

　조금 지나 모리오의 목소리가 들려왔다.

　"네……."

　힘이 없고 까칠한 게 누가 들어도 이제 막 잠에서 깨어
난 사람의 목소리다. 밤 11시 전. 내가 아는 한 이 인간이
일찍 잠자리에 들었을 가능성은 전혀 없는데, 대체 어떤
리듬으로 생활하는 거야.

　"어, 자고 있었어? 미안."

　"아니. 안 잤어. 괜찮아."

　인간은 왜 자고 있었다는 사실을 인정하기 싫어하는가.

　정신을 차린 듯 모리오의 목소리가 활기를 띠었다.

　"왜?"

　"나나랑 영화 보고 왔어."

　"오오. 진짜? 어땠는데?"

　"즐거웠어."

영화를 본 후 큰맘 먹고 함께 식사하자고 권했더니 흔쾌히 응해 주었다. 터미널 역 어디에나 있을 법한 이탈리안 체인점에서 파스타를 먹었다. 그 후 커피를 마시며 대화를 나누었다. 커피를 다 마신 뒤에는 빈 잔에 물을 채우러 점원이 여러 번 다녀갔다. 정신을 차리고 보니 어느새 주문 마감 시간이 되었고 순식간에 폐점 시간이 되어, 우리는 마침내 자리에서 일어났다.

"그래서, 나 정했어."

"뭘?"

"역시 미네기시 씨랑 영화 보러 가는 건 거절하려고."

내 말뜻을 곱씹는지 잠깐 침묵이 이어지더니, 모리오가 물었다.

"설마 너, 나나랑 했어?"

나도 모르게 웃음이 터져 나왔다.

"안 했어."

"그럼, 고백했어?"

"그것도 안 했어."

"그럼 뭐 하러 유코 씨랑 한 약속을 거절해."

"근데, 이제는 좋아하니까."

그래. 나의 마음을 이제야 알아차렸다.

나는, 나나를 좋아한다.

생각해보면 함께 영화를 보러 가는 것이 그녀에게 어떤 의미인지는 나의 감정과 무관한 일이다. 그녀가 내게 호의를 품었을 때만 나도 그녀를 좋아하겠다니, 그런 식으로 내 입맛에 맞게 감정을 컨트롤 할 수는 없다. 나는 그녀를 좋아하고, 아마 처음부터 그녀를 좋아했다. 그녀에게 거절당할까 두려워서 그것을 인정하기 싫었을 뿐이다.

"나한테 고백하지 말고."

모리오가 웃었다.

"아직은 고백이고 뭐고 안 했으니까 일단은 유코 씨랑도 만나 보는 게 어떨까 싶은데, 네가 그런 방면으로는 융통성이 없잖아. 그래도 나, 코요의 그런 점이 참 좋더라."

"고백하지 마."

우리는 함께 웃었다.

이윽고 웃음을 거둔 모리오가 말했다.

"그 정도로 네 마음이 확실하다면 그렇게 해. 힘내."

"고마워."

모리오가 등을 밀어주지 않았더라면 이 만남을 놓쳤을 것이다. 아무리 감사해도 모자라기만 하다.

"흐아암."

하품 소리가 들려온다.

"아무튼, 난 다시 잘게."

"역시 자고 있었네."

"어, 들켰나."

"처음부터 알았거든."

우리는 서로 잘 자라는 인사를 주고받은 뒤 전화를 끊었다.

그와 동시에 나나로부터 문자를 받았다.

'오늘 영화 보러 가자고 해줘서 고마워요. 밥도 맛있었죠. 또 만나요, 알았죠?'

내 옆을 지나가는 회사원 스타일의 여성이 불쾌하다는 듯이 나를 보며 지나가기에, 그제야 나는 자신이 히죽대며 웃고 있다는 사실을 깨달았다. 정신이 번쩍 들도록 뺨을 때리고 서둘러 표정을 굳힌 다음 귀갓길에 올랐다.

＊ ✧ ＊

가방을 든 나카모토 선배가 내 쪽으로 다가왔다.

"또 잔업?"

"네. 미네기시 씨가 아직이라서요."

"오늘은 어딘데?"

"신유리가오카요. 아사오 법무국."

나카모토 씨가 손목시계 쪽으로 눈을 돌린다.

"이 아가씨가, 또 어디서 농땡이라도 부리나."

그렇게 말하고서 옆 책상의 의자를 빼내, 등받이를 앞에 두고 시트에 걸터앉았다.

오늘도 사무소에는 나와 나카모토 선배만 남아 있었다. 다만 나의 경우는 반쯤 의도적으로 이런 상황을 만들고자 했다. 혹시 나카모토 선배도 그래서? 다른 직원들이 하나둘씩 퇴근할 때마다 수고했다고 인사하며 어쩐지 무료함을 달래는 것처럼 보였다. 처음부터 나와 이야기할 셈이었는지도 모른다.

"한잔하러 갈까?"

"아뇨. 아직 일이 남아서."

"그리고 미네기시 씨가 사무소에 돌아왔을 때 아무도 없으면 불쌍…… 하니까?"

눈을 치켜뜨고 빤히 들여다보는 나카모토 선배의 시선에 나는 살짝 쓴웃음을 지었다.

"그런 건 아닌데, 제가 부탁한 일이거든요."

요즘 들어 그녀에게 조사를 부탁하면 다른 직원들이 다

퇴근할 때까지 사무소에 돌아오지 않는 일이 계속됐다. 매번 도시락이나 디저트 따위가 든 봉투를 들고 돌아오는 것을 보면 고의적인 듯하다. 그래서 직접 할 수 있는 조사는 어떻게든 직접 하고, 그녀는 다른 직원이 맡은 안건을 보조하게 했지만, 오늘은 일부러 그녀에게 조사를 부탁했다. 둘이서만 대화할 기회를 만들어서 영화 건을 거절하기 위해서였다.

"미네기시 씨도 본인 업무라서 하는 거잖아. 사무소 열쇠도 받았고."

"저도 알아요."

"그럼 기다릴 필요 없잖아. 가자."

나카모토 선배가 턱짓으로 문 쪽을 가리키며 자리에서 일어났다.

"죄송해요. 오늘은 안 될 것 같아요."

나는 손날을 세우며 거절했다. 별일이구나, 하는 생각이 든다. 나카모토 선배가 이렇게까지 나와 한잔하러 가고 싶어 하는 이유가 뭘까.

나카모토 선배는 낙담한 듯 코로 한숨을 내쉬고 다시 의자에 고쳐 앉았다.

"혹시 너희 둘, 사귀어?"

"설마요."

나는 세차게 고개를 저었다.

"그럼, 이토 군, 미네기시 씨가 좋아?"

"네?"

대답이 막혔다.

"싫지는 않은데."

"그럼 좋아해?"

"아뇨…… 동료로서는 좋게 생각하죠."

"나는 그런 뜻으로 물은 게 아니야. 연애 대상으로서 어떻게 생각하느냐고 물은 거지. 무슨 뜻으로 한 질문인지 알지? 이토 군도 다 알고서 어물쩍 넘기는 거잖아."

처음에는 웃으며 듣고 있었지만, 이야기가 끝났을 때쯤에는 얼굴이 굳었다.

"나카모토 선배님, 갑자기 이런 이야기는 왜."

평소와 분위기가 달랐다.

"미네기시 씨는 이토 군을 좋아하는가 보던데. 아무리 둔해도 그 정도는 알지?"

"그야, 뭐, 어렴풋이."

실은 '어렴풋이' 정도가 아니다. 확실히 알고 있었다. 다른 것은 몰라도 최근 들어 미네기시 씨는 직장에서도 나를 이름으로 부르게 됐다. 동료들 사이에서 소문이 돌고 있다는 사실은 나도 알지만, 미네기시 씨에게 그만두라는 말을 못 해서 그대로 둔 채였다. 처음부터 확실히 말해뒀어야 했나 싶기도 하지만, 그럼 도대체 내가 무슨 말을 해야 했을까.

선 넘지 마시죠? ―글쎄.

공사는 구분해 주시겠습니까? ―사적으로 특별한 관계 같아 보여서 괜히 더 꼬일 것 같은데.

전 여자 친구는 나의 배려가 지나치다고 하며 나를 떠났다. 나카모토 선배는 "선의가 때로는 잔혹한 칼날이 되기도 한다."고 말했다. 틀림없이 나는 이번에도 똑같은 과오를 반복하고 만 것이다. 미네기시 씨가 착각할 만한 태도를 보였기 때문에 이제부터 나는 그녀를 상처입혀야만 한다.

―이 이상 미네기시 씨에게 상처 주지 마.

틀림없이 그런 말을 들을 거로 생각했지만, 나카모토 선배의 입에서는 뜻밖의 말이 나왔다.

"잘 들어. 미네기시 씨를 조심해."

나는 깜짝 놀라 고개를 들었다.

나카모토 선배는 농담으로 꺼낸 이야기가 아닌 듯했다.

"우리 소장이 원래 쓰레기 같은 인간인 건 맞지만, 요즘 들어 이토 군을 대하는 태도가 심해진 것 같지 않아?"

"듣고 보니……."

불합리하게 트집을 잡는 일이 늘어난 기분이다.

"요전에 왜, 소장이 엄청 열 받아서 난리 쳤던 소유권 이전 등기 신청서, 아마 기억할 거야."

"네, 그럼요."

동료들이 있는 앞에서 나를 매도하고 서류를 집어 던졌다. 떠올리기만 해도 씁쓸한 감정이 입안에 퍼졌다.

"그 등기 신청서, 미네기시 씨한테 맡겼던 안건이지?"

"네. 처음에는 저한테 올 예정이었는데 간단한 안건이니까 연습 삼아 하기 좋을 거라면서 소장님이."

그래놓고 소장은 자신의 발언을 잊어버렸다.

그러나 나카모토 선배는 의외의 사실을 털어놓았다.

"내가 볼 때, 소장은 그 등기 신청서가 이토 군의 체크를 통과한 다음에 자신에게 온 거라고 확신하는 것 같았어."

"어떻게 그럴 수 있죠?"

나카모토 선배가 손가락 두 개를 세운다.

"가능성은 두 가지. 첫째, 순전히 소장의 기억 착오일 경우. 부하에게 한 말을 잊어버리거나 하지도 않은 말을 했다고 굳게 믿고 화를 내는 게 그 사람에게 드문 일은 아니지. 충분히 그럴 수 있어. 그리고 두 번째가, 이쪽이 더 중요한데⋯⋯ 미네기시 씨가 거짓말을 했다."

이해하는데 조금 시간이 걸렸다.

"미네기시 씨가, 저한테 체크받았다고 거짓말하고, 등기 신청서를 소장님께 제출했다고요?"

나카모토 선배가 고개를 무겁게 끄덕였다.

"왜 그런 짓을⋯⋯ 목적은요?"

"그것까지는 몰라. 단순히 실수했을 경우 책임이 분산되게 하려고 이토 군의 체크를 받았다고 보고했을 수도 있고. 그런데, 그럴 의도였으면 그 사실을 이토 군에게 숨길 필요가 있어? 매일 얼굴 보는 사이인데 실제로 체크해 달라고 부탁하면 되지."

"그러게요. 솔직히 수고스럽기는 해도 나중에 소장님께 혼날 걸 생각하면 전혀 힘든 일도 아닌데⋯⋯ 그럼, 미네기시 씨는 왜 그런 거짓말을?"

아직 미네기시 씨가 거짓말을 했다고 단정 지은 것은 아나나, 일단 거짓말을 했다는 가정하에 이야기를 진행해본다.

"이건 내 추측인데, 이토 군이 다정하게 대해 주길 바라서…… 가 아닐까?"

가만히 나를 응시하는 나카모토 선배의 눈빛에 나는 눈을 크게 떴다.

"그게 무슨…… 어? 음?"

혼란스러워서 머릿속이 정리되지 않는다.

"그녀는 처음부터 등기 신청서에 잘못 쓴 부분이 있다는 사실을 알았다. 더 구체적으로 말하자면 일부러 실수를 남긴 상태로 이토 군의 체크를 받았다는 말을 더하고, 소장에게 최종 체크를 부탁했다."

"……무슨 목적으로."

말하고 나서야 나카모토 선배가 하고 싶은 말을 알아차리고 아연실색했다.

그동안 나는 미네기시 씨가 실수할 때마다 그녀를 감쌌다. 내 책임이 아니고 다른 사람 탓이라 반론도 하지 않고 묵묵히 감수하며 소장의 욕설을 받아 냈다. 그런 후에도 미네기시 씨를 질책하는 일은 없었다. 오히려 풀이 죽은 그녀를 내가 달래는 일도 많았다. 나로서는 단순히 혐의를 풀어봤자 아무 의미가 없다고 포기해서 한 행동일 뿐인데, 미네기시 씨에게는 달리 비쳤구나.

—선배님은 믿어도 될 것 같아요. 빈말이 아니라 자상한

사람이라고 진심으로 그렇게 생각하거든요.

　—선배님은 자상한 분이세요. 지금까지 저를 몇 번이나 도와주고 감싸주셨잖아요. 저, 믿고 있어요. 이 사람은 배신하지 않는다고.

　나카모토 선배의 말을 들은 후에 다시 떠올려 보니, 그때의 말이 전부 다른 의미로 다가왔다.

　"내가 한 말은 단순한 추측이야. 증거는 아니지. 하지만 미네기시 씨가 정신적으로 조금 불안정한 감이 있잖아? 이토 군처럼 다정한 사람이 깊이 관여하면 결과가 별로 좋지 않을 것 같아서 말이야. 혹시 사귈 생각이라고 하면 아무 말 안 하려고 했는데, 그럴 생각 없이 다정하게 대하는 거라면 조심하는 편이 좋아."

　나카모토 선배는 거기까지 말하고서 뭔가를 발견한 듯 창문 밖으로 시선을 던졌다.

　뒤돌아보니 비닐봉지를 든 미네기시 씨가 막 돌아온 참이었다.

　"저 왔어요."

　"수고했어. 늦게까지 고생했네."

　조금 전까지의 진지한 표정을 싹 바꾸고 나카모토 선배가 웃는 얼굴로 미네기시 씨를 위로했다.

"죄송해요. 나카모토 선배님도 계신 줄 모르고 두 사람 분만……."

미네기시 씨는 조금 당황해하며 왼손에 든 비닐봉지를 본다.

"아, 괜찮아. 마침 가려던 참이거든. 저녁은 집에서 먹겠다고 아내한테 연락도 했고."

나카모토 선배가 자리에서 일어나며 "그럼."하고 눈썹을 한 번 들썩인다.

"수고하셨습니다. 내일 봬요."

나카모토 선배는 "어."하고 가볍게 손을 들고 출입문 쪽으로 걸어나갔다.

선배는 나가는 도중 미네기시 씨의 옆을 지나가며 비닐봉지 속을 훔쳐보는 시늉을 했다.

"뭐 사 왔어?"

"샌드위치요. 메르헨에서."

"오호. 맛있겠는걸."

나도 배고픈걸, 하고 자신의 배를 문지르며 나카모토 선배는 사무소를 나갔다. 순간이지만 나카모토 선배는 문을 열면서 경계를 늦추지 말라는 듯 나를 쳐다봤다.

문이 닫히기를 기다린 후, 미네기시 씨가 툭 말을 내뱉었다.

"아, 다행이다. 키미히로 씨가 같이 있어서."

무슨 뜻이지.

고개를 갸웃거리는 내게 그녀가 말했다.

"요즘 나카모토 선배님이 저한테 자꾸 치근거려서요."

예상을 한참 빗나간 발언이라 이해하는 데에 시간이 걸렸다.

"정말요?"

도저히 믿을 수 없다. 나카모토 선배가 미네기시 씨를?

그러나 내 쪽으로 돌아선 미네기시 씨는 도저히 농담하고 있는 사람처럼 보이지 않았다.

"혹시, 방금도 제 험담을 하던가요?"

그렇기는 하지만 그렇다고 인정할 수도 없는 노릇이라 말문이 막혔다.

미네기시 씨가 '역시'하는 표정을 짓는다.

"선배님이 저에 대해 뭐라고 하셨는지는 몰라도 전부 거짓말이에요. 믿지 마세요."

"네? 하지만……."

미네기시 씨가 일부러 실수를 저질러서 소장의 적의를 내게 집중되게끔 했다니, 확실히 믿기 어려운 이야기이기

는 했다. 하지만 나카모토 선배가 내게 거짓말을 했다고
도 생각하지는 않았다.

그러자 미네기시 씨의 목소리가 조금 날카로워졌다.

"그 사람은 우리 사이를 갈라놓을 속셈이에요."

사이, 라니……?

등줄기가 서늘해졌다. 그리고 확신했다. 나카모토 선배
의 말이 옳다. 그러나 이 자리에서 미네기시 씨를 논파하
는 것이 유의미하다고도 생각하지 않는다. 쓸데없이 자극
하지 않는 편이 나을지도 모른다.

"나카모토 선배님을 믿지 마세요."

"아, 알겠습니다."

내가 끄덕이자 미네기시 씨는 웃는 얼굴이 되었다.

"고마워요. 그럼 커피 가져올게요."

나는 탕비실로 향하려는 그녀를 "아. 미네기시 씨."하고
불러 세웠다.

그동안은 미네기시 씨의 강압적인 태도에 압도당해 아
무 생각 없이 그녀의 흐름에 휩쓸리기만 했다. 그러나 나
는, 터무니없는 짓을 했던 것일지도 모른다.

오늘로써 이 흐름을 막아야만 한다.

나는 용기를 쥐어짰다.

"오늘은, 필요 없습니다."

"어, 근데 샌드위치……."

미네기시 씨가 비닐봉지로 시선을 떨군다.

"가지고 돌아가도 될까요?"

"네, 뭐."

미네기시 씨는 받아들이기 어려워하면서도 비닐봉지 속의 내용물을 테이블 위에 펼쳤다. 여러 샌드위치 중에서 고를 기회를 주기 위해서인 듯했다.

"죄송해요. 이후에 볼일이 있으셨나 봐요. 바쁘신데도 기다려 주셔서 정말 감사해요."

"아뇨. 따로 볼일은 없습니다. 그저 집에 빨리 가고 싶어서요."

"그러…… 시구나."

미네기시 씨의 표정이 도깨비에 홀린 사람 같다.

"그리고 영화 말인데요."

"이번 주말이죠? 기대돼요."

미네기시 씨의 표정이 순식간에 환해져서 나는 죄책감에 휩싸였다.

말하기가 껄끄럽다. 그래도 지금 말해야.

"죄송해요. 역시 못 가겠어요."

순간 경직되었던 미네기시 씨가 다시 웃음을 띠었다.

"아, 그래요? 키미히로 씨도 다른 일이 많으시겠죠. 그럼 언제 갈까요?"

"아뇨. 날짜를 변경하자는 말이 아니라, 밖에서 둘이 만나는 게 아무래도 좀……."

미네기시 씨의 안색이 삽시간에 변하는 것을 보고, 나는 심장이 멎을 뻔했다.

무거운 침묵에 질식할 것 같다.

"왜요?"

미네기시 씨의 목소리는 떨리고 있었다.

"이러는 거, 좋지 않아요. 우리는 직장 동료고……."

달리 좋아하는 사람이 생겼다고 솔직하게 말할까도 생각했지만, 이 자리에서 나나의 이름을 꺼냈다가는 나나에게 민폐가 될지도 몰랐다. 순간적인 판단으로 진짜 이유는 밝히지 않았다.

"동료니까, 그래서 뭐요? 동료니까 당연히 친밀하게 지내야죠."

"하지만, 다른 분들과 영화 보러 가지는 않잖아요."

"가면 될 거 아니에요."

너무 거북한 나머지 나는 시선을 떨구었다.

잠자코 있는 내게 미네기시 씨의 목소리가 들려왔다.

"어떻게 할까요?"

얼굴을 들자 같은 질문이 날아들었다.

"어떻게 하면 영화 보러 같이 갈 거냐고요."

"죄송합니다."

"죄송합니다가 아니라, 어떻게 해야 영화 보러 같이 갈 거냐고 묻잖아요."

"죄송합니다."

그 말밖에 할 수 없었다.

고개를 숙인 나에게 미네기시 씨가 표정 없는 목소리로 중얼거린다.

"당신은 배신하지 않을 줄 알았는데."

"배신하고 말고의 문제가 아니라, 관계가 아니―"

싸늘한 목소리가 내게 돌아왔다.

"응원하겠다고 하셨잖아요. 거짓말이었어요?"

"그건……."

그때는 상대가 나인 줄은 전혀 몰랐으니까.

"거짓말쟁이."

직선적인 그 말이 나를 힘껏 찌른다.

나는 거짓말쟁이인가. 눈치채고도 그렇지 않은 척하고,

현실에서 눈을 돌려 모르는 척하고, 하고 싶은 말을 하지 못해 입을 다물기도 하는. 그런 소극적인 태도도 타인을 상처 입힌다는 의미에서는 적극적인 거짓말과 같을 정도로 무거운 죄인가.

빈론도 못 하고 가만히 있자 미네기시 씨가 말했다.

"알겠어요. 직장 동료니까 사적으로는 교류하고 싶지 않다. 선을 지키면서 지내달라 이 말씀이잖아요."

"사적인 교류를 완전히 끊고 싶다는 게 아니라."

다른 사람도 함께하는 거면, 하고 말을 이으려 했지만 무서워서 입이 떨어지지 않았다.

"됐어요. 아주 잘 알았습니다."

말을 딱 자르는 미네기시 씨는 어제까지 만나 왔던 미네기시 씨와 전혀 다른 사람 같아 보였다.

"저기…… 저는 이만 가보겠습니다. 먼저 실례할게요."

나는 서둘러 가방 속에 짐을 쑤셔 넣고 도망치듯 사무소를 빠져나왔다. 사무소를 나올 때까지 줄곧 푹푹 찌르는 듯한 시선을 느꼈다. 책상 위에 놓인 샌드위치의 존재를 잊어버린 것은 아니었지만 도저히 가지고 돌아갈 마음이 들지 않았다.

❖ ❖ ❖

미네기시 씨의 눈동자에 깃든 광기에 바들바들 떨었던 그 날 밤으로부터 일주일.

의외로 나의 일상은 평소와 다름없이 흘러갔다. 물론 그 다음 날엔 미네기시 씨의 태도에 가시가 돋쳐있었지만, 시간이 갈수록 진정되어, 나중엔 가식적인 미소라도 다른 직원들이 함께하는 자리에서는 웃는 얼굴까지 보여 주게 되었다.

변함없이 나나와는 하루에 몇 번씩 문자를 주고받는다. 별 볼 일 없는 내용이지만 그녀에게서 온 문자를 읽으면 웃음이 나고 활력이 샘솟았다. 이제는 더이상 내 감정에서 눈을 돌리지 않았다. 나는 나나를 좋아한다. 그리고 아마 나나 역시 나를 좋아하고 있을 거라는 확신을 조금씩 품게 됐다. 이제는 서로의 마음을 확인할 일만 남았지만, 그것만큼은 얼굴을 마주 보며 확실하게 전하고 싶었다.

그런 생각을 하던 참이었다.

"이토."

마우스질을 하던 나는 소장의 호출에 손을 멈췄다.

평소와 다름없이 열린 문틈 사이로 얼굴만 내민 소장이

차가운 시선으로 이쪽을 노려본다. 하지만 어딘가가 다르다. 평소와 똑같이 전신에서 격렬한 노기를 발산하고 있지만, 오늘은 평소보다 싸늘하다는 인상을 받았다. 기분 탓인지, 안색도 창백해 보였다.

"네. 무슨 일이시죠?"

"잠깐 이리로."

소장은 소장실로 들어오라는 듯 난폭하게 손짓했다. 역시 평소와 다르다. 상대에게 굴욕을 맛보이고 힘의 차이를 일깨워 주려고 일부러 동료들 앞에서 부하를 매도하는 소장이, 남의 눈이 없는 곳에서 이야기하려 한다니.

나는 의자를 물리고 소장실로 향했다.

도중에 나카모토 선배가 걱정스러운 눈길을 보내기에 걱정하지 말라는 느낌으로 고개를 끄덕여 보였다. 실은 전혀 괜찮은 상황이 아니지만. 반드시 나쁜 일이 생길 거라는, 확신 같은 예감이 들었다.

"실례하겠습니다."

소장실로 들어가 손을 뒤로 돌려 문을 닫는다.

소장은 이미 높다란 책상에 한껏 몸을 젖힌 채로 앉아 있었다. 의자를 좌우로 흔들어 끼익 끼익— 하는 스프링 소리를 내더니, 얇은 입술을 거의 움직이지 않고 말했다.

"너, 해고야."

확실히 놀라기는 했지만, 대단히 충격적이지는 않았다. 소장의 태도를 보고 언젠가 이렇게 되리라는 예감을 안고서 하루하루를 보내 왔고, 붙잡고 늘어질 정도로 매력적인 직장도 아니었다.

그렇다 해도 당장 내일부터 무직이라고 생각하니 역시 목소리가 떨렸다.

"이유를 가르쳐 주시겠습니까?"

"야자키 미츠구 씨 상속 건, 네가 담당이었지?"

"네."

시부야 구 쇼토에 위치한 토지 건물의 상속에 따른 소유권 이전 등기였다. 바로 4일 전쯤에 온라인으로 등기 신청 절차를 막 마친 참이다.

"신청이 각하됐다."

진짜로? 신청할 때 미흡한 점이라도 있었나?

"말도 안 됩니다. 신청 전에 몇 번이나 확인했습니다."

"호적 등본과 유산 분할 협의서가 등기소에 도착 안 했어."

온라인 등기 신청은 인터넷상으로 모든 일을 처리할 수 있는 게 아니다. 인터넷으로 신청을 마친 뒤, 필요 서류를 등기소에 직접 가지고 가거나 우편으로 보내야만 한다. 필요 서류가 등기소에 송달된 시점에야 신청의 수리 여부를 결정하는 심사로 넘어간다.

"필요 서류가 등기소에 도착하지 않은 사이, 등기소로 향한 아자키 미츠구 씨의 동생이 자기 명의로 변경 등기 신청을 마치는 동시에 금융업자의 저당권을 설정했다. 너도 내년에 있을 시험을 대비해서 민법 공부를 열심히 하고 있을 테니 이 말의 의미는 알겠지."

시야에 암막이 내린다.

동생 쪽에서 등기를 가로챘다. 그런 케이스가 그리 흔하겠냐며 소장에게 질책당할 때 속으로 혀를 찼던 케이스가 실제로 발생했다. 만약 금융업자가 의뢰인의 동생을 정당한 상속인이라 믿고 있는 경우, 의뢰인은 상속한 부동산을 되찾을 수 없게 된다. 의뢰인은 아무런 협의 없이 행동한 동생에게 구상권을 청구할 수는 있어도 부동산의 저당권 해지까지는 요구할 수 없다.

그 경우 의뢰인은 중대한 과실로 상속 물건을 못 쓰게 만든 법무사에게도 손해 배상을 요구할 가능성이 크다. 다시 말해, 우리 사무소가 막대한 금액의 피해 배상 청구를 받게 된다는 의미였다.

"야자키 미츠구 씨는 동생과 사이가 나쁜 데다, 부모와 사이가 나빴던 동생 쪽은 유류분만큼의 재산 분여에 불만을 품고 있었다. 사업에 실패하는 바람에 상당한 금액의 빚을 지고 있었고, 그래서 상속 재산을 매각해서 빚 변제에 할당하려고 꾸미고 있었지. 이런 집안 사정을 너도 분명히 들었을 텐데. 야자키 씨가 맨 처음 이 사무소에 상담하러 오셨을 때, 너도 같이 있었으니까."

들었다. 그래서 신속하게 소유권 이전 등기를 마치고 의뢰인의 재산을 보전할 생각이었다.

"절차에 미흡한 점은 없었습니다."

자신을 가지고 말할 수 있었다. 나는 의뢰인을 위해 만전을 기했다.

서류가 도착하지 않았다니 말도 안 된다. 배달 증명으로 발송했으니 증명서도 보관하고 있을 터.

"그럼 이건 뭐지."

소장은 책상 서랍을 열어 봉투를 꺼냈다.

설명을 들을 필요도 없이 그것이 무엇인지를 알아본 나는 온몸에서 핏기가 가셨다.

"네 책상 서랍에 들어 있었다. 이걸 안 내는데 등기 신청이 통과될 리가 있나. 서류가 **빠졌는데**!"

돌연 폭발한 소장이 봉투를 내게 집어 던졌다.

발밑에 떨어진 봉투의 겉면에는 볼펜으로 '배달 증명'이라고 쓴 포스트잇이 붙어 있었다. 배달 증명으로 우편을 발송해 달라는 지시는 분명히 내가 쓴 글씨였다. 그리고 봉투는, 내가 필요 서류를 봉입한 봉투가 맞았다.

기억을 되짚어 본다. 나는 필요 서류를 봉투에 넣고 포스트잇을 붙여 우편물용 박스에 넣었다. 우리 사무소에서는 박스에 모인 우편물을 저녁쯤에 모두 정리해 우체국에 가지고 가게 되어 있었다.

그날 우편물을 가져간 사람은……

미네기시 씨다.

나는 온몸에 소름이 돋는 것을 느꼈다.

틀림없다. 그날, 미네기시 씨는 우편물이 든 종이봉투를 들고 사무소를 나갔었다. 내가 낸 봉투만 발송하지 않았던 거다. 미발송한 봉투를 어딘가에 숨겨 두고 의뢰인과 이해의 대립이 있는 상대가 등기를 가로채는 타이밍을 계산해서 내 책상 서랍에 봉투를 돌려놓는다. 그렇게 해서 그 봉투를 소장이 발견하기만 하면 모든 잘못은 내 책임이 된다. 보통은 한번 가지고 나간 봉투를 발송하지 않고 그대로 가지고 되돌아오는 부하가 있을 거라고는 상상조차 하지 않을 테니.

그리고 나는, 또 하나의 발견에 전율했다.

등기 절차가 고작 며칠 늦어졌다고 해서 돌이킬 수 없는 엄청난 문제로 발전하는 일은 드물다. 의뢰인의 동생이 재산 분할에 불만이 있었다 해도 일반적으로 등기를 가로 챈다는 생각은 해내기가 어렵고, 설령 거기까지 생각이 미친다 해도 이쪽의 절차가 늦어져야 한다는 상당히 낮은 확률의 요건이 성립되어야만 한다.

미네기시 씨는 아마도, 의뢰인의 동생에게 어떠한 수단으로 연락을 취해 방법을 알려준 것이다. 이해대립 관계라고는 하나, 의뢰인과 동생은 틀림없는 혈육이기 때문에 필요 서류는 어렵지 않게 갖출 수 있다. 부정한 수단이라도 일단 등기 명의 이전이 완료된 물건은 선의의 제삼자가 권리를 설정하는 경우, 본래의 권리자는 선의의 제삼자에게 소유권을 주장할 수 없다.

그런 짓까지 해서 나를 나락에 빠뜨리려고 했다.

실로 두려운 그녀의 집념에 나는 온몸의 힘이 빠졌다.

"우리 쪽에 청구된 손해 배상액, 몽땅 그대로 너한테 지불 하라고 할 거야! 그만둔 거로 다 책임졌다고 착각하지 마!"

그 후에 쏟아진 소장의 매도는 전부 나의 고막을 그냥 지나쳤다.

✳ ✥ ✳

사무소를 나온 후 도저히 집으로 돌아갈 마음이 들지 않아 도요코 선을 타고 시부야로 향했다.

이리저리 정처 없이 시부야 거리를 배회하다 보니 어느새 요요기 공원에 있었다. 이미 해가 져서 주위에는 인적도 드물다. 나는 빛을 보고 모여드는 벌레처럼 자판기 코너로 다가가 마실 생각도 없는 캔 커피를 샀다. 그것을 손난로 삼아 양손에 번갈아 쥐며 벤치에서 암흑이 짙어져 가는 모습을 지켜봤다.

불현듯 휴대폰 진동이 울렸다.

액정 화면을 확인하니 사무소였다. 사무소의 누구지. 소장이 자신의 결정을 번복해서 복귀해 달라고 요청할 리는 없으니 나카모토 선배이려나. 소장에게 해고를 통지받은 후에는 동료들에게 거의 아무 말도 하지 않고 가방에 최소한의 개인 물품만을 넣은 채 사무소를 나왔다. 소장실에 울리던 목소리는 밖에도 새어나갔을 테니 위로하기 위해 전화를 했을지도 모른다.

나는 통화 상태로 바꾸고 전화를 귀에 댔다.

상황을 살펴보려고 내 쪽에서 먼저 말을 하지는 않고 상대방의 말을 가만히 기다렸다.

그리고 들려온 목소리에 시야가 흔들렸다.

"여보세요. 오늘도 수고하셨습니다."

미네기시 씨였다.

그러나 "여보세요? 여보세요."하고 나를 부르는 목소리를 들으며 나는 혼란스러워했다. 그 목소리가 평소의 그녀와 전혀 다른 점이 없었기 때문이었다. 해고는 그녀의 계략이 아니었나, 하고 섣불리 그녀를 의심한 나 자신을 잠시 책망했을 정도였다. 그러나 냉정히 생각했다. 이번 일은 그녀 외에는 실행할 수 없었다.

나는 될 수 있는 한 냉랭한 목소리를 냈다.

"네."

"지금 어디시죠?"

미네기시 씨는 전혀 개의치 않는다.

"제가 왜 대답해야 하죠."

"밖이신가 봐요. 집에는 아직 안 가셨어요?"

목소리가 울리는 정도로 그렇게 판단한 모양이다.

"신경 끄시죠."

"섭섭한 말씀 마세요. 걱정해 드리는 거예요. 키미히로 씨, 괜찮으세요?"

내심 '어라?' 했다. 미네기시 씨의 목소리에서는 진심으로 나를 걱정히는 마음이 흘러넘쳤다. 정말 그녀의 짓이 아닌 건가?

"네, 괜찮아요."

나도 모르게 말투가 누그러졌다.

"그런 일이 있었는데 괜찮으실 리 없잖아요. 지금 어디시죠? 할 일은 다 마무리 지었으니까 제가 갈게요."

"걱정 마세요. 정말 괜찮으니까."

"정말이세요?"

"네. 정말입니다. 걱정 끼쳐서 죄송합니다."

이쯤에는 그녀에게 엉뚱한 의심을 품고 있었다며 완전히 반성하고 있었다. 그런 만큼 그 이후에 그녀가 꺼낸 말에는 충격을 받을 수밖에 없었다.

"그럼, 영화는 언제 보러 가요?"

"네?"

"아니, 키미히로 씨랑 저, 이제 동료가 아니잖아요."

시야가 깜깜해졌다.

—알겠어요. 직장 동료니까 사적으로는 교류하고 싶지 않다. 선을 지키면서 지내달라 이 말씀이잖아요.

그녀의 말을 떠올린다. 그녀가 우편물을 감춰 나를 나락에 빠뜨리려고 한 동기를, 나는 증오라고 생각했다. 하지만 그게 아니었다. 내가 동료임을 구실로 삼아 데이트를 거절했기 때문에 동료가 아닌 상황을 만들려고 했다? 단지 그 목적만을 위해 내가 해고당하도록 일을 꾸몄다고?

"거짓말……."

망연한 나의 혼잣말을 무시하고, 그녀는 자신의 요구를 전했다.

"장소는 어떻게 할까요? 극장 상영 시간을 알아봤는데 가와사키 쪽은 오전 시간밖에 없더라고요. 그러니까 시부야나 요코하마, 아니면 저는 후타코타마가와도 괜찮은데. 저는 주말에 쉬지만, 평일에는 유급 휴가를 쓰면 되니까 평일도 괜찮아요. 맞다, 근데 키미히로 씨는 이제 일을 안 하시니까 언제든지 시간 내기가 쉬우시죠? 그럼 내일 당장—"

"잠깐만요!"

순간 피가 거꾸로 솟아 저절로 언성이 높아졌다.

"왜 그러세요?"

미네기시 씨는 내가 화가 난 이유를 이해하지 못하는 듯했다. 나는 그것이 믿어지지 않았다.

"이상하잖아요! 이 상황에 그런 이야기를 한다는 게!"

"근데 키미히로 씨가 괜찮다고 하셨잖아요. 안 괜찮으셨어요?"

"당연하죠!"

"또 저한테 거짓말하셨어요?"

대체 무슨 소리야.

"죄송하지만, 미네기시 씨야말로 저한테 거짓말하고 계시잖아요."

미네기시 씨가 침묵한다.

"소장님이 말씀하시기로는 야자키 미츠구 씨의 소유권 이전 등기 건에 필요한 서류가 법무국에 도착하지 않았다고 하셨습니다. 그런데 저는 분명히 우편물 박스에 넣었단 말이죠. 그것만큼은 확실합니다. 그런데 봉투는 제 책상 서랍에서 발견됐습니다. 그날 우편을 가지고 나간 사람은 미네기시 씨잖아요."

"……아니에요."

"거짓말 마시죠. 그날, 제가 낸 봉투만 발송하지 않고 그냥 돌아오셨죠? 그리고 야자키 미츠구 씨와 이해관계가 대립하는 동생 쪽에 연락해서 이쪽의 등기 절차가 지체되어 있다는 사실을 전하셨죠. 야자키 님의 동생은 관련 지식이 없었을 테니 등기 신청 방법을 직접 가르쳐 주거나, 아니면 법무사나 변호사까지 소개했을지도 모르죠. 그런 식으로 등기를 가로채게 해서 문제가 밝혀지고 소장님이 야단을 떨 때쯤을 노려 제 책상 서랍에 미발송한 봉투를 숨기셨고요."

"믿을 수가 없네요. 궁지에 몰렸다고 해고당한 이유를 남의 탓으로 돌리다니, 키미히로 씨가 그런 분이신 줄은 몰랐어요. 이제껏 저를 감싸주셨잖아요. 제가 실수해도 괜찮다고 하면서 언제나 절 위로해 주셨으면서. 그게 다 거짓이었어요? 자신이 궁지에 몰렸다고 제 탓으로 돌리고 내빼시는 거예요?"

변명이 지리멸렬해서 광기마저 느껴진다.

다만 내가 이렇게 말하자 미네기시 씨는 가만히 입을 다물었다.

"야자키 씨의 동생에게 연락해 보겠습니다."

수 초간의 침묵 후, 문득 그녀가 웃음기를 띤다.

"그쪽에서 인정할 거라고 생각하세요?"

"그 말은 즉, 미네기시 씨가 등기를 지체시켰다는 사실을 인정하시는 거네요."

"아뇨, 인정하기는요. 설령 키미히로 씨의 추리가 옳다고 해도 그쪽에서는 순순히 인정해 봤자 어떤 이득도 없으니 솔직하게 인정할 리가 없다는, 그런 일반론을 말씀드렸을 뿐이에요."

간접적으로 인정했다고 볼 수도 있는 발언이었다.

"미네기시 씨, 본인이 깜박하고 우편물을 발송하지 않았다고 소장님께 말씀해 주시겠습니까. 고의였다고 인정하실 필요는 없습니다. 미네기시 씨의 실수였다고 하면 소장님도 손해 배상 청구까지는 생각하지 않으시겠죠."

솔직히 오장이 뒤집혔지만, 현실적인 타협안을 제시했다.

철저히 단죄하고 싶은 마음도 있으나 미네기시 씨의 범행을 증명하기는 어렵다. 그렇다면 차라리 자신에게 튈 불똥을 제거해 두고 싶다. 이대로 사무소가 입은 큰 손해가 나의 실수 때문이라고 결론이 나면 소장이 선언한 대로 손해 배상을 해야 할 가능성이 컸다. 막대한 빚을 떠안은 채로 살아가는 것은 이후의 인생에 큰 핸디캡이 된다.

"그럼 영화는 언제 보러 갈까요?"

미쳤어—솔로 등줄기를 문지르는 것처럼 오싹하고 불쾌

한 느낌이 들었다.

"진심이세요?"

이 지경에 이르러서까지 그런 요구를 하다니 제정신이
아니다.

그러나 미네기시 씨는 태연하기만 했다.

"그야 키미히로 씨가 약속하셨잖아요."

"함께 영화 보러 가면, 본인의 실수로 필요 서류가 도착
하지 않은 거라고 소장님께 말씀해 주실 겁니까?"

"생각해 볼게요."

"지금 이 자리에서 약속해 주시겠습니까?"

"그럼 영화 보러 가주실 거예요?"

분하지만 아무래도 내게 선택의 여지는 없는 듯했다.

❖ ❖ ❖

집으로 돌아와 샤워를 하고 잠자리에 들었다.

얼마간 눈을 감고 있었지만, 도무지 잠이 오지 않았다.
머리 한구석에서, 현실에서는 들리지 않는 미네기시 씨의
불쾌한 웃음소리가 울리고 있었다.

내가 왜 이런 상황에 놓였지. 굴욕감이 의식을 더욱 또

렷하게 한다.

결국, 미네기시 씨의 요구에 응해 3일 후 저녁에 영화를 보러 가게 됐다. 미네기시 씨는 내가 약속을 지키기만 하면 소장에게 야자키 미츠구 씨의 건은 자기 잘못이라고 보고하는 것을 '생각해'주겠다고 했다. 내가 아무리 어수룩하다지만 이 지경에 이르러서까지 그런 말을 액면 그대로 받아들일 정도는 아니다. '생각한' 결과, 나의 희망을 이루어 주지 않고 더한 요구를 강요해 올 것이 눈에 훤했다. 그러나 한심하게도 처음부터 나에게는 그녀의 요구를 딱 잘라 거절하고 싸울 용기가 없었다.

지금까지의 자신을 돌아보며 무엇이 잘못이었는지를 생각해 본다.

나의 태도가 그녀에게 여지를 주었는지도 모른다. 결과적으로 충돌을 염려한 회피 행동이 실수를 범한 그녀를 감싸는 행동처럼 보이게 되어 오해를 가속 시킨 것이다. 그리고 나는 그녀의 마음이나 나카모토 선배가 지적한 그녀의 불안정함도 전혀 눈치채지 못한 채, 그녀가 농락당했다고 느낄만한 우유부단한 태도를 계속 취했다. 아니, 도중에는 나도 눈치챘지만, 오해를 풀려고 노력하지는 않았다. 그런 의미에서는 나에게도 죄가 있다. 필시 나는,

나카모토 선배가 이르던 '잔혹한 칼날'로 알게 모르게 그녀를 계속 상처 입힌 것이다.

그러나 이번 결과는 그 대가치고는 커도 너무 크지 않나. 나에게도 잘못이 있으니까 어쩔 수 없다라, 도무지 납득할 수가 없다. 불합리하다. 미네기시 씨 같은 여성의 눈에 든 것을 후회하는 수밖에 없나. 세상에는 그렇게 무서운 여자도 있구나. 이전에 회사 상사와 불륜 관계를 맺고, 불륜 상대의 아내에게 괴롭힘을 당했다는 이야기도 했었는데, 그건 정말일까. 실제로는 어땠을지.

그때 문득 SNS 계정의 존재가 떠올랐다. 모리오가 발견했지만 켕기는 마음에 자세히 보지는 않았던 그 계정. 그녀를 파악할 힌트가 될지도 모른다.

나는 휴대폰을 꺼내 SNS 앱을 열었다. 방치 중이던 내 계정에 로그인한다. 너무 오랜만이라 그런지 패스워드가 기억나지 않아 몇 번이고 로그인에 실패했지만, 내 생일과 전 여친의 생일을 조합한 문자열을 입력해서 무사히 로그인했다.

검색창에 미네기시 씨의 이름을 알파벳으로 입력해 본다. 찾았다. 지금보다 머리가 짧고 어려 보이는 미네기시 씨의 사진. 틀림없다.

타임라인을 거슬러 올라가 본다. 맨 처음 게시글은 카르파초를 찍은 사진이었다. 나도 잘 아는 사진이다. 나와 미네기시 씨 외에 나나, 모리오, 나카모토 선배, 이렇게 기묘한 조합으로 식사를 했었을 때 찍은 것이다. '사랑하는 사람과 식사'라는 문구가 덧붙여 있다. 하아, 나도 모르게 천장을 올려다봤다. SNS 글은 미네기시 씨가 직장 사람들에게 보여 주려고 글을 올리는 게 아닐 테니 당시엔 보지 않으려 했지만, 혹시라도 내가 이 계정을 빈번히 확인해서 이 글을 빨리 발견했더라면, 그 이후 미네기시 씨에 대한 태도를 바꿀 수 있었을지도 모른다.

다음으로는 수개월 전에 쓴 글이 등장했다. 히가시노 게이고의 소설 표지 사진에 '완독. 재미있게 읽었다.'라고 적혀 있었다. 이것이 이치라쿠이치엔에서 모리오가 발견했던 시점에서는 가장 최근 글이었을 거다.

그 후에도 타임라인을 거슬러 올라가 그녀가 올린 글을 확인했다. 그렇게 자주 글을 올리는 편은 아닌 듯했다. 기껏해야 2개월에 한 번 정도. 라이브 하우스로 보이는 곳의 간판 사진에다 물방울이 흘러내리는 창문을 촬영한 사진, 직접 구운 것으로 짐작되는 생선구이 사진, 친구가 기르는 개의 사진 등에 한두 줄 정도의 코멘트가 달려 있었다.

계정 자체는 2년 전쯤에 만들었는지 전부 확인하는 데 그리 많은 시간이 걸리지는 않았다.

다음으로 나는 그녀와 연결된 친구를 확인했다. 고작 5명밖에 되지 않는다. 그중 세 사람의 근무처가 코마에 은행이라 되어 있고, 구체적인 이름은 없지만 다른 한 명의 직업도 은행원이라 되어 있었다. 즉 다섯 명의 친구 중 네 사람이 은행원. 미네기시 씨는 은행원이었나.

나는 친구들의 계정을 옮겨 다니며 미네기시 씨에 관한 정보를 찾았다. 5명 중에는 자주 글을 올리는 사람이 있는가 하면, 나처럼 거의 방치 상태인 사람도 있었다. 미네기시 씨가 올린 글에 댓글을 단 사람은 없지만 다섯 명 사이에는 가끔 서로 댓글을 주고받는 관계도 있는 듯했다.

나는 친구의 친구 계정까지 옮겨 다니며 다섯 명의 프로필을 추측했다.

다섯 명의 타임라인과 또 그 친구의 타임라인까지 옮겨 다니며 구석구석 훑어본 결과, 이 다섯 명 모두 코마에 은행의 직원, 혹은 전 직원이라고 판단을 내렸다. 한 사람은 현재 전업주부로 보이지만, 주고받은 댓글로 짐작건대 결혼을 계기로 퇴직한 모양이다. 다시 말해, 친구인 다섯 명 모두 은행 관계자라는 소리가 된다. 그렇다면 미네기시 씨 역시 과거에 코마에 은행에서 근무했을 것이다.

문득, 한 가지 의문이 들었다.

미네기시 씨는 분명, 불륜 상대는 처음 입사했던 회사의 상사이며 6년도 전에 관계를 끝냈다고 했다. 우리 사무소에 들어온 지는 반년밖에 안 됐으니 은행을 그만두고 우리 사무소에 들어오기까지 적어도 5년 반의 공백이 존재하게 된다.

SNS 계정 개설이 대략 2년 전. 당연하게도 그 시점에서는 이미 은행원이 아니다. 그런데도 SNS상의 친구는 전원이 은행 관계자이며 그 외의 인간관계는 존재하지 않는 것처럼 보였다. 빈번하지는 않아도 현재까지 꾸준히 갱신하는 계정인데 새로 추가되는 친구가 없는 것은 부자연스럽다.

우리 사무소에 들어오기까지 5년 반의 시간 동안 그녀는 어디서 무엇을 했을까.

혹은, 이 5년 반에 특별한 의미가 있다기보단 은행원 시절의 인맥에 큰 의미가 숨어 있나?

어쨌든 그녀는 커다란 비밀을 안고 있다는 생각이 들었다. 혹시 그 비밀을 찾아낸다면 나에게 큰 무기가 되지 않을까. 이대로는 생살여탈권을 빼앗긴 채 그녀가 하라는 대로 행동하는 수밖에 없지만, 무기를 손에 넣음으로써 그녀에게 대항할 수 있게 될지도 모른다.

나는 그녀의 SNS상 친구들에게 접촉해 봐야겠다고 결심했다. 다행히 프로필 작성 중에 내팽개쳐 둔 계정이 있다. 이름을 변경해서 메시지를 보내면 상대에게 나의 정체를 들킬 일도 없다.

신중하게 조사한 결과, 전업주부인 스미요시 카즈에라는 전 은행원 여성에게 메시지를 보내기로 했다. SNS만 보자면 미네기시 씨와 그다지 친밀한 관계는 아닌 듯하나, 만에 하나 그녀와 계속 연락하고 있을 가능성을 생각해서 본래 목적과 전혀 다른 별개의 용건을 생각해냈다.

미네기시 씨의 지인으로서가 아니라 지인 다섯 명 중 한 사람인 와다 마사오미 씨의 일로 상담할 게 있다며 그것을 구실 삼아 접근하기로 했다. 나는 아내의 불륜을 의심하는 남자로, 아내는 코마에 은행에 근무 중이다. 내가 아내의 불륜 상대가 아닐까 하고 의심하는 사람은 아내의 직장 동료인 와다 씨라는 설정이다. 아내의 불륜을 의심하다 못해 의심암귀가 되어 와다 씨의 SNS 친구인 스미요시 씨에게 SNS의 메시지 기능을 통해 상담을 제의하게 되었다는 설정이다. 단, 와다 씨의 이름은 밝히지 않고, 여러 정보로 미루어 보아 와다 씨가 아닐까 하고 유추할 수 있을 만한 내용을 쓴다. 내가 직접 특정해 버리면 실제 와다 씨 본인에게 피해를 줄 수도 있고, 직접 특정하지 않고 그런 뉘앙스를 풍기는 정도로만 말하면 나를 만나 직접 확인해 보고 싶다는 생각이 들게 될 수도 있다. 불륜은 기혼자라면 누구에게나 남의 일이 아니니 흥미가 생길 것이고, 그런 설정을 만들어 두면 가령 나의 신원을 의심받는다 해도 미네기시 씨에게 연락이 갈 가능성은 전혀 없다. 진짜 목적과 신원은 스미요시 씨를 만나고 나서 그녀가 미네기시 씨와 친하지 않다는 확신이 들 경우에만 밝히면 된다.

나는 아내를 사랑한 나머지 의심에서 헤어 나오지 못하는 남자가 되어 고뇌에 가득 찬 문장을 작성했다. 단, 어디까지나 표면상으로는 상식적인 인간으로서 정도를 지키려고 노력하고 있는 것처럼 보이게. 문장도 너무 길어지지 않게 신경 썼다. 지나치게 열의가 높으면 공포감을 주어 스미요시 씨가 만남을 주저하게 될 가능성이 있다.

수차례 고쳐 쓴 끝에 메시지는 밤 11시가 지나서야 완성되었다. 최근에 비슷한 느낌을 받은 적이 있었는데, 하고 생각했더니 나나에게 영화를 보러 가자고 권했을 때였다.

문장을 여러 번 고쳐 쓴 점은 똑같아도 목적이 거의 정반대라는 게 아이러니했다.

이 시간에 메시지를 보내면 상대방에게 실례가 아닌가 생각했지만, 아내가 불륜을 저지르고 있을지도 모른다는 의심에 사로잡힌 남자라면 언제 메시지를 보내야 할지 고민할 여유가 없을지도 모른다. 게다가 다음에 미네기시 씨를 만나기까지 시간이 없다.

나는 메시지를 보낸 후 답장을 기다리기로 했다.

이내 휴대폰이 진동해서 나는 서둘러 액정 화면을 확인했다.

나나에게서 온 전화였다. 순간 망설였지만, 전화를 받았다.

"여보세요."

"앗. 여보세요, 오빠? 휴, 다행이다. 답장이 없길래 걱정돼서 전화했어요."

"미안. 일이 좀 많았거든."

나는 사실대로 말하지 못하고 순간 거짓말을 했다. 정오를 지나서 나나로부터 메시지를 받았다. 딱히 급하게 답장을 보내야 할 내용은 아니었지만 요즘 들어 매일 메시지를 계속 주고받다 보니 반나절 이상 답장이 없는 것만으로도 걱정이 되었던 모양이다.

"아녜요. 저야말로 바쁜데 전화해서 미안해요."

나나는 어쩔 줄 몰라 하며 말했다. 그래도 조금 더 통화하고 싶어 하는 눈치였지만, 나는 스미요시 씨의 답장을 기다리는 중이었다.

"미안하긴. 걱정해줘서 고마워."

나는 대화를 끝낼 분위기를 풍기며 조용히 말했다.

"아니에요…… 알았어요."

이대로는 아쉬운지 나나가 마지막으로 묻는다.

"코요 오빠. 괜찮아요? 어쩐지, 기운이 없어 보이는데."

"그래 보여? 전혀 아닌데. 고마워."

"그래요. 알겠어요."

나나는 납득하지 못한 듯했지만, 나는 잘 자라는 인사로 일방적으로 대화를 끝냈다.

"잘 자요."

조금 아쉬워하는 그녀의 목소리가 나를 기쁘게 했다. 나는 흐뭇한 마음으로 통화를 끝냈다.

그와 동시에 또다시 휴대폰이 울렸다.

메시지에 대한 스미요시 씨의 답신이었다.

✴ ✤ ✴

　　스미요시 씨가 지정한 약속 장소는 세이부 이케부쿠로 본점 5층에 있는 카페였다.

　　그녀의 타임라인을 빠짐없이 숙독한 나는 그곳이 그녀의 평소 행동 범위에서 벗어난 곳임을 알았다. 필시 호기심을 억누르지 못해 나의 제안을 받아들이기는 했으나 정체 모를 남자를 경계하는 마음도 있어서 일부러 자신의 생활권 밖을 약속 장소로 지정했을 것이다.

　　지정된 시간보다 10분 정도 전에 가게로 들어가자 하얀 블라우스를 입은 웨이트리스가 내 쪽으로 다가왔다.

　　"한 사람 더 올 겁니다."

　　그렇게 말한 순간 구석 자리에서 엉거주춤 일어나 이쪽을 살피는 여성의 모습이 시야 끝에 비쳤다.

　　자세히 보니 그 여성이 바로 스미요시 씨였다. SNS에 올린 결혼식 사진은 1년이 조금 넘었을 뿐인데 결혼 후 행복감에 찐 살인지, 아니면 사진 촬영 기술이 뛰어났던 덕분인지 사진 속 모습보다 꽤 통통해 보였다.

　　나는 일부러 긴가민가한 표정으로 스미요시 씨에게 다가갔다. 당신이 올린 글을 숙독하고 사진을 머릿속에 확실히 때려 넣고 온 덕에 금세 알아봤습니다, 같은 말이라도 했다가는 기분 나빠할 게 뻔했다.

"스미요시 씨…… 되십니까?"

"아, 맞아요. 쿠사카베 씨죠?"

그것이 나의 가명이었다. 쿠사카베 타츠오. '이웃집 토토로'에 나오는 사츠키와 메이, 두 자매의 아빠 이름을 빌렸다. 나나와 첫 데이트를 하고 돌아오는 길에 대여점에서 '이웃집 토토로' DVD를 빌려 왔었다. 지금은 전 캐릭터의 이름을 똑똑히 외우고 있다.

"바쁘신 걸음 해주셔서 감사합니다."

"아뇨. 괜찮아요."

어색한 침묵이 흐른다.

무슨 말이든 해야 하는데. 그러나 머리가 새하얘서 아무것도 떠오르지 않았다.

그러자 스미요시 씨가 나를 딱하다는 눈으로 보며 메뉴판을 내밀었다.

"뭐라도 마시겠어요?"

스미요시 씨는 나를 본 순간부터 노골적으로 안심하는 표정을 짓고 있었다. 어떤 마음인지는 어렴풋이 알 것 같다. 나라는 사람은 남들이 보기에 사람을 속일만한 재기가 없어 보이고 완력도 없어 보인다. 그녀는 틀림없이 날 얕보고 있다. 남편이 이 모양이면 당연히 바람날 수밖에 없지, 하고 생각했는지도 모른다. 기가 약해 보이는 외모가 태어나서 처음으로 득이 됐지만 조금 복잡한 기분이었다.

아무튼, 말재주도 없는 사람이 필사적으로 이야기하는 모습이 동정을 불러일으켰는지, 스미요시 씨는 잘 알겠다는 듯 고개를 끄덕이며 나의 이야기를 들어주었다.

그리고 한참 동안 이야기를 듣더니 스미요시 씨가 말했다.

"쿠사카베 씨가 말씀하신 아내분의 상대가, 혹시 와다 과장님인가요?"

"어, 어떻게 그걸……?"

놀라는 연기가 조금 과했나 싶었지만, 처음부터 횡설수설하며 충분히 의심받을 만한 행동을 했던 탓인지 특별히 그 부분이 도드라져 보이지는 않은 것 같았다. 스미요시 씨는 의심하는 기색을 보이지 않았다.

"알고말고요. 저를 상담 상대로 고른 이유도 저와 와다 과장님이 SNS에서 친구를 맺고 있어서잖아요."

"와다 씨와는, 현재도 친하게—"

내가 말을 끝내기도 전에 스미요시 씨는 고개를 가로저었다.

"안심하세요. SNS상으로 연결되어 있기는 해도 그뿐인 걸요. 최근에는 와다 과장님이 전혀 갱신을 안 하셔서 지금은 어느 시점에 계시는지도 모를 정도예요."

다행이다. 예상대로다. 그런 관계라면 거짓말을 늘어놓아도 의심받을 일은 없을 것이다.

"스미요시 씨는, 와다 씨와 예전에 상사와 부하 관계셨죠?"

"네, 맞아요. 고호쿠 지점에서 3년 동안 함께 일했어요. 근데 의외네요. 와다 과장님, 절대로 부하한테 손댈만한 분이 아니신 것 같았는데."

스미요시 씨가 살짝 의심스러워하는 눈초리로 흘겨보기에 가슴이 철렁했지만, "저도 아내가 저를 배신할 줄은 몰랐습니다."라며 슬픈 듯이 눈을 내리깔자 스미요시 씨의 시선은 동정을 품은 느낌으로 변했다.

"그러네요. 그렇게 성실하고 고지식한 남자일수록 한번 빠지면 헤어 나오기 힘들지도 모르죠."

그 후로 나는 와다 씨에게는 죄송스럽지만, 아내의 부정을 알아채게 된 과정을 이야기했다. 요즘 들어 갑자기 친구들을 만나러 간다며 늦게 귀가하는 일이 잦아지고, 휴대폰도 잠금을 해 놓는다. 퇴근 후에도 업무 관련 전화가 걸려오는 일이 늘어나고 얼핏 새어 나오는 통화 목소리는 항상 남자다. 미리 생각해 온 이야기가 부자연스러워 보이지 않도록 얼굴을 찡그린다거나 말을 더듬거리며 이야기를 펼쳐 보였다.

서투른 말솜씨가 오히려 이야기에 진실성을 더한 모양이다. 스미요시 씨는 나를 격려하듯 맞장구를 치며 내 이야기를 진지하게 들었다.

"확실히 이상하긴 하네요. 그런데, 상대가 와다 과장님인 건 어떻게 아셨나요? 쿠사카베 씨의 이야기만 들어서는 상대 남성을 특정할 만한 근거가 없어 보이는데……."

"솔직히 아직 100% 확신이 있는 것은 아닙니다. 아내의 입에서 와다 씨의 이름이 빈번하게 나오니까 그럴 가능성이 크지 않나 짐작한 것뿐입니다."

"아이, 뭐예요. 그럼 상대가 와다 과장님이 아닐 수도 있겠네요."

스미요시 씨는 조금 김이 샌 듯 보였다.

"하지만 아내의 입에서 나오는 남자 이름이 와다 씨뿐이라서—"

나의 말을 가로막으며 스미요시 씨가 말했다.

"쿠사카베 씨가 생각하는 것보다 여자는 더 복잡해요. 전혀 켕길 게 없는 상대기 때문에 남편 앞에서도 당당히 말할 수 있는지도 몰라요. 혹시 남편이 이런 식으로 상대 남성을 조사하더라도 결백하다는 결과가 나올 수 있게. 저는 그럴 가능성이 더 크다고 봐요. 와다 과장님은 불륜 같은 걸 하실 분이 아니에요. 진짜 불륜 상대는 따로 있고, 와다 과장님은 위장에 이용당하신 거예요."

"왜 그렇게 생각하시죠? 와다 씨를 두둔하시는 것처럼 들리는데요."

나는 약간 울컥한 척 연기했다.

"두둔할 의도는 아니었고요. 그저 와다 과장님은 부하와 불륜에 빠질 수 있을 만큼 배짱이 있다거나 매력적인 분이 아니셔서, 그리고 무엇보다 와다 과장님은 불륜의 무서움을 잘 아는 분이시거든요."

"그게 무슨 말이죠?"

스미요시 씨가 조심스럽게 주위를 두리번거리더니 목소리를 낮췄다.

"와다 과장님의 동기 중에 불륜으로 신세를 망친 사람이 있거든요. 부하 여직원과 불륜에 빠져서 엄청난 수라장이 되었다던데, 와다 과장님의 동기라는 그 사람—이름을 말하기는 조금 그러니까 임시로 F라 해 두고, 그 F씨의 아내가 결국에는 자살해 버렸거든요. 와다 과장님은 그걸 목격하셨으니까 그리 쉽게 불륜을 저지르진 않으시겠죠."

나는 숨을 삼켰다. 급속도로 시야가 좁아지고 심장이 빠르게 고동치기 시작했다.

"혹시 F씨의 불륜 상대가, 미네기시 유코라는 이름의 여성 아닙니까?"

스미요시 씨의 눈이 휘둥그레진다.

"어떻게 그걸?"

이번에는 내가 놀랄 차례였다.

혹시나 하는 마음에 확인해 보았는데 정말이었다니. 그리고 미네기시 씨 때문에 사람이 죽었다니. 내가 상대하고 있는 사람은 터무니없는 괴물일지도 모른다.

조금 망설였지만, 말투를 보니 스미요시 씨와 미네기시 씨는 현재 친하게 지내는 사이가 아니라는 판단이 섰다. 나는 자신의 정체를 밝히고 스미요시 씨에게 접촉한 본래의 목적을 말했다. 처음에는 이야기를 듣는 스미요시 씨의 태도를 살피며, 조심스럽게 정보를 조금씩 풀어나갔다. 보아하니 스미요시 씨는 미네기시 씨를 그다지 좋아하지 않는 듯했다.

"2년 전에 갑자기 친구 신청이 와서 깜짝 놀랐어요. 그런 식으로 그만둬 놓고 대체 무슨 생각인가 싶었죠. 그런데 저는 그 사건 때문에 실제로 피해를 본 것도 아니고, 그녀가 요즘은 어떻게 살고 있는지 흥미가 생겨서 신청을 받아들였어요."

스미요시 씨는 미네기시 씨와 SNS로 친구가 된 연유를 그렇게 설명했다. 그녀와 친한 사이가 아니니 안심하라는 말을 하고 싶은 듯했다.

"미네기시 씨와 친구를 맺은 다른 네 분은요?"

"다들 비슷할 거예요. 적어도 지금까지 미네기시 씨와 계속 교류하고 있는 사람은 없지 않을까 해요."

"미네기시 씨가 친구 신청을 한 다섯 분에게 뭔가 공통점이 있을까요?"

"그건 확실히 대답해 드릴 수 있어요. 미네기시 씨와 후추 지점에서 함께 일했던 동료예요. 지금은 이동한 사람도 있고 해서 제각각 흩어졌지만……. 아, 그리고 미네기시 씨의 불륜 상대였던 후지사와 계장님—"

스미요시 씨가 실수로 말이 헛나갔다는 듯 얼굴을 찌푸렸다. 후지사와 계장이라는 사람이 지금껏 F라는 이니셜로 부르던 미네기시 씨의 불륜 상대겠지.

"뭐 상관없겠죠. 이토 씨도 그 여자 때문에 끔찍한 일을 겪고 계시니까요."

스미요시 씨는 그렇게 변명을 하더니 갑자기 태도를 바꾸어 당당하게 이야기를 시작했다.

"저희 다섯 명 다 후지사와 계장님께 신세를 많이 졌어요. 같은 부서에서 근무했는데, 계장님의 집에 초대받아서 사모님이 직접 만들어 주신 요리를 대접받은 적도 있어요. 그래서 그 소동으로 사모님이 그렇게 되셨을 때는 미네기시 씨에게 특히 더 화가 났죠. 그런 만큼 친구 신청이 왔을 때는 정말 놀랐고 믿기질 않았어요. 조금 과격하게 말해서 대체 무슨 낯짝으로 이런 짓을 할 수 있나…… 하고. 저는 승인했지만 미네기시 씨의 친구 신청을 무시한 예전 동료도 몇 명 알고 있어요."

"말씀하시는 걸 듣고 느낀 건데, 스미요시 씨의 이야기는 제가 미네기시 씨에게 전해 들은 것과 조금 엇갈리는 내용이 있습니다."

"어떤 부분이 다르죠?"

"미네기시 씨는 불륜 상대의 아내에게 괴롭힘을 당했다고 했습니다. 직장에도 소문을 퍼뜨렸다, 고."

"그런 일, 당연히 없었죠."

스미요시 씨는 거칠게 말을 내뱉다가 주위의 시선이 신경 쓰이는지 목소리를 낮췄다.

"설령 사모님이 미네기시 씨에게 어떤 행동을 취했더라도, 그건 미네기시 씨의 집요한 괴롭힘에 대한 반격일 거예요. 밤늦게 전화한다거나 사모님과 따님을 더러운 말로 매도하는 편지를 써서 발송인 불명으로 봉투를 보낸다거나 하면, 당연히 어떻게든 해야겠다고 생각하실 수밖에요. 그리고 직장에 소문을 퍼뜨린 것도, 후지사와 계장님과의 관계를 기정사실로 하려 한 미네기시 씨가 자기 입으로 퍼뜨린 거예요. 생각해 보세요. 소문을 퍼뜨린다 한들 사모님이 무슨 득을 보겠어요. 이혼할 생각도 없는데 남편의 입장이 불리해질 만한 소문을 퍼뜨리는 게 의미가 있겠어요?"

나를 추락시킨 경위를 되돌아보면 충분히 예상할 수 있는 반응이었다. 미네기시 씨는 정교한 정보 조작으로 자신이 바라는 상황을 만들어 내려 한다. 그러고 보니, 나카모토 선배가 치근덕댄다는 말을 한 적도 있다. 미네기시 씨는 나카모토 선배가 자신에게 의심의 시선을 보내고 있다는 사실을 알아차렸던 게 아닐까. 그래서 나카모토 선배의 말을 내가 믿지 못하게 하려고 나카모토 선배에 대한 나쁜 인상을 심어 주려고 했다.

문득, 어떤 가능성에 생각이 미쳤다.

후지사와 씨와 미네기시 씨 사이에는 정말로 불륜 관계가 존재했던 걸까. 혹시 후지사와 씨는, 아무 근거도 없는 소문 때문에 인생이 망가져 버린 게 아닐까?

"후지사와 씨 본인에게 연락할 수 있을까요?"

그러자 스미요시 씨의 표정이 흐려졌다.

"굳이 하려면 가능하지만, 저는 내키지 않아요. 그 소동 이후 후지사와 계장님과 소원해지기도 했고, 가령 연락이 된다 해도 계장님은 그때 일을 언급하기 싫어하실 거예요. 어쨌든 아내를 잃었으니까요."

어떤 식으로든 더이상 미네기시 씨와 엮이고 싶어 하지 않는 것은 당연한 심리일지도 모른다.

"후지사와 씨는 아직도 은행에서 일하십니까?"

"그만두셨다는 이야기는 못 들었으니 아마 아직도 남아 계시겠죠. 소문으로는 지금 산인 쪽에 있는 지점에서 근무하신다고."

직접적인 접촉은 피해 주었으면 하는 말투였다.

화제를 돌리듯 스미요시 씨가 핸드백을 열었다.

"참. 사진이 있거든요."

스미요시 씨는 그렇게 말하고서 한 장의 사진을 부스럭 부스럭 꺼냈다.

호화로운 요리가 즐비한 식탁을 일고여덟 명이 둘러싸고 있었다. 뒤편에는 대형 텔레비전과 업라이트 피아노. 피아노 위에는 여행길에 사 온 것으로 보이는 기념품 느낌의 장식물이나 인형이 죽 늘어서 있었다. 오키나와의 시사에 홋카이도의 마리모, 마트료시카에 미키마우스도 보인다. 꽤 유복한 가정처럼 보였다. 사진에 찍힌 대부분의 얼굴이 낯익어 보이는 것은 SNS로 본 인물이 많아서다. 스미요시 씨의 모습도 보였다.

"예전에 계장님 댁에 찾아갔을 때 찍은 홈 파티 사진이에요. 와다 과장님도 찍혀 있고, 어쩌면 이 중에 쿠사카베 씨의 아내분도 찍혀 있을지도 모른다고 생각해서 참고가 될까 하고 가져와 봤는데…… 마침 계장님과 미네기시 씨도 찍혀 있어서요."

"실례하겠습니다."

나는 사진을 받아 들었다.

"이 분이 후지사와 계장님."

스미요시 씨가 몸을 내밀며 손가락으로 가리켰다.

후지사와 씨의 얼굴을 본 적은 없지만 스미요시 씨가 가르쳐 주기 전부터 왠지 모르게 이 사람임을 직감했다. 운동부 주장의 분위기를 고스란히 간직한 채 나이를 먹은 것처럼 짧은 머리에 산뜻한 느낌을 주는 남성이었다. 그 옆에 있는 사람이 아마도 후지사와 씨의 부인. 그 후 자살했다는 예비지식 때문인지 어딘가 모르게 허무해 보인다는 인상을 받았다.

구면은 아니다. 분명히 그럴 터. 그러나, 후지사와 부부—특히 남편 쪽은 어디선가 본 것 같은 느낌을 지울 수 없었다. 어디서 본 걸까.

"그리고 이쪽이 미네기시 씨."

"정말이군요."

미네기시 씨는 길쭉한 식탁을 세로 구도로 잡은 사진의 가장 구석진 자리에서 이쪽을 보고 있었다. 지금보다 살짝 머리가 짧다. 솔직히 말하자면 지금 이렇게 그녀를 다시 보아도 그만큼 어두운 정념을 품고 있다는 사실이 믿기질 않는다.

그러다 문득 기시감을 느꼈다.

미네기시 씨의 SNS 프로필 사진은 이 사진에서 얼굴 부분만을 오려낸 것일까. 내 생각을 말하자 스미요시 씨도 수긍했다.

"그럴 거예요. 2년 전에 개설한 계정 프로필에 6년도 넘은 사진을 쓰다니 무섭죠. 저도 그 사실을 알아차렸을 때는 그녀가 아직도 후지사와 계장님에 대한 마음을 버리지 못했구나 싶어서 소름이 돋았어요."

나도 닭살이 돋은 팔을 문지르며 사진을 유심히 들여다봤다. 수줍게 V자를 그리며 희미하게 입가에 미소를 띤 미네기시 씨는 외모가 예쁘장하기는 하나 결코 눈에 띄는 인상이 아니었다.

이 사진에서 얻을 수 있는 모든 정보를 흡수해 주겠노라며 가만히 시선을 고정한 채 구석구석을 주시했다.

그때, 돌연 번뜩임이 전신을 빠르게 빠져나가며 시야가 흔들렸다.

나는 어느 물건 하나를 다른 것과 착각하고 있었다.

설마. 그럴 수가. 아니야, 그건 말도 안 돼. 틀림없이 내 생각이 지나친 거야.

사진을 보던 채로 굳어 버린 나를 스미요시 씨가 의아하게 들여다본다.

"사진에 무슨 문제라도. 괜찮으세요?"

"이 사진. 다른 사람도 가지고 있습니까?"

스미요시 씨는 당황하는 눈치였다.

"여기 찍혀 있는 사람은 다들 가지고 있을 거예요."

"데이터로요?"

"아뇨. 계장님이 사진으로 인화해 주신 거라."

"그럼 이 사진은 후지사와 씨가 가지고 계신 휴대폰이나 디지털카메라로 찍었다는 말씀이네요."

"네. 계장님의 카메라였을 거예요. 그게 왜요?"

스미요시 씨는 뭘 그렇게 놀라느냐는 듯 눈을 치켜뜨고 나를 들여다보았다.

그러나 나는, 아무 대답도 할 수 없었다.

＊ ✚ ＊

이틀 후.

약속 장소인 시부야 츠타야 1층에 나타난 미네기시 씨는 몰라볼 정도로 예뻤다. 꽃무늬 타이트스커트에 오프화이트 니트를 맞춰 입고, 거기에 감색 코트를 걸치고 있다. 미용실에 다녀왔는지 머리도 평소와 달리 풀어 내린 머리에 완만한 웨이브가 들어가 있었다.

나를 발견하고 웃으며 달려오는 모습이 너무나 천진난

만해 보여서 오히려 더 무서웠다. 그러나 나는 자신의 감정을 억누르며 미소를 지어 보였다.

헤드폰을 벗어 시청기 홀더에 되돌려 놓는다.

"안녕하세요. 많이 기다리셨어요?"

"아뇨. 노래를 듣고 있었던 터라 괜찮습니다."

나는 FUNKIST라는 밴드의 시청 코너 앞에 서 있었다. 나나와 만났던 날에 나나가 듣고 있었던 앨범을 나도 듣고 있었다.

"다행이네요. 그럼 갈까요?"

미네기시 씨는 내가 듣고 있던 곡에는 흥미가 없다는 듯 나에게 팔짱을 꼈다.

출입구로 걸어가며 미네기시 씨 쪽으로 고개를 돌리자, 그녀의 환한 미소가 돌아왔다. '아아, 뒤틀렸어.' 하고 멍하니 생각한다. 이 사람은 무슨 수를 쓰든, 그 과정에서 타인이 얼마나 상처를 입든 전혀 신경 쓰지 않는다. 장난감이 가지고 싶은 아이가 떼를 쓰듯, 여러 사람을 기만하고, 속이고, 계략에 빠뜨리고, 상처 입혀서 자기가 원하는 것을 손에 넣고야 만다. 이제까지 줄곧 그렇게 살아왔겠지. 그리고 앞으로도. 나는 이틀 전에 본 후지사와 부부의 사진을 떠올리며 가슴 아파했다.

우리는 영화관에 들어가 나란히 좌석에 앉았다. 예고편에 이어 본편이 시작됐다. 이 작품을 보는 것은 두 번째다. 첫 번째는 나나와 함께였다. 상영 시작 시간에 늦을 것 같아 인파를 헤치며 나아가는 것이 서투른 나의 손을, 나나가 잡고 함께 달려 주었다. 영화를 보는 동안 문득문득 그 순간의 온기를 떠올리고서는 나나가 한 행동이 무슨 의미였을까 생각했었다.

별안간 옆자리에서 손이 뻗어 와 나의 손을 잡는다. 나는 미네기시 씨의 손을 맞잡으며 '나나의 손이 더 부드럽고 따뜻했었지.'하고 생각한다.

본편이 끝나고 엔딩 크레디트가 흘러나오기 시작하자 미네기시 씨는 서둘러 돌아갈 준비를 시작했다. 마블 코믹스 영화는 엔딩 크레디트 뒤에 차기작과 이어지는 중요한 영상이 나오는데도 말이다. 얼른 자리를 뜨는 그녀를 몸을 낮추고 따라가며 "영화는 예고편부터가 시작이잖아요!"라던 나나의 말을 떠올렸다.

"차 한잔 하실래요?"

영화관을 나온 나는 별 어려움 없이 그녀를 유혹해냈다. 나나 때는 밥 한번 먹자고 하는데도 간신히 용기를 쥐어짜냈는데.

망설임 없는 걸음걸이로 록시땅 카페로 들어가는 나를 따라오며, 미네기시 씨가 의미심장한 표정을 지었다.

"키미히로 씨. 여긴 자주 오세요?"

"아뇨. 처음입니다. 왜 그러시죠?"

"딱 봐도 여자 취향인 이런 가게를 고르신 게 의외라서요."

"미네기시 씨가 좋아하셨으면서 해서 미리 인터넷으로 알아봤거든요."

입에서 자연스럽게 거짓말이 줄줄 나와 나 자신도 놀랐다.

나는 커피, 미네기시 씨는 재스민차를 주문한다. '나나는 로즈티였지.'하고 회상했다. 그녀와 관련된 것은 사소한 것까지 다 기억한다. 그녀가 했던 말이며 사소한 행동까지 전부 기억해낼 수 있다. 머릿속 메모장을 펼치면, 언제든지. 지금으로서는 그것을 마냥 긍정적으로 생각할 수만은 없지만.

나는 커피잔을 입에 대며 물었다.

"어떤가요. 사무소 쪽은."

"키미히로 씨가 갑자기 빠지셨으니 난리가 났죠. 오늘만 해도 휴일에 출근해 달라는 소장님의 부탁을 거절하느라 애먹었거든요."

내가 쫓겨나도록 획책을 꾸민 장본인이 할 말은 아니라고 생각하지만, 필시 그녀에게 죄의식 따위는 없다. 나는 그녀가 원하는 인격을 연기하기로 했다. 요컨대, 그녀가 원하는 말을 하고 그녀의 뜻을 헤아려 행동하는 인형이 되면 그만이다.

"소장님의 부탁을 거절하느라 많이 힘드셨죠. 저 때문에 그렇게 고생하시다니, 어떻게 감사드려야 할지."

"괜찮아요. 저도 오늘만을 기다렸거든요."

미네기시 씨는 웃는 얼굴로 가볍게 손을 가로저었다.

"다들 잘 지내요? 갑자기 그만두는 바람에 제대로 인사도 못 해서 어찌나 미안한지."

"다들 키미히로 씨를 걱정하고 있어요. 고작 실수 하나 때문에 해고라니 너무하다면서 화내셨어요. 아, 맞다. 나카모토 선배님이 '이토 군에게 안부 전해 줘.'라고 하시던데."

"오늘 저랑 만나는 거, 나카모토 선배님께도 말씀드렸어요?"

"실은 숨기고 싶었는데 제대로 이유를 설명해 드리지 않으면 휴일에도 출근해야 할 것 같았거든요. 재미있게 놀고 오라며 다들 흔쾌히 보내 주셨어요."

전혀 부끄러워하지 않는 미네기시 씨의 언동에 나는 반쯤 아연실색했다. 하지만 생각해 보니 지금 나에게 말한 내용도 어디까지가 진실인지는 모른다. 사무소에 큰 피해를 주고 바로 3일 전에 해고당한 예전 동료와 데이트를 한다는데 '재미있게 놀고 오라'며 태평한 소리를 할 인간이 있을까.

그러나 상대는 정상적인 인간이 아니다. 나는 의심이 얼굴에 드러나지 않도록 노력했다.

"아, 그래요? 다행이네요. 나카모토 선배님은 잘 계시죠?"

"네. 여전히 투덜투덜 소장님 험담을 늘어놓으며 마지못해 일하고 계세요."

"그 사람, 저한테는 엉덩이 떼려면 빨리 떼라고 말해 놓고서, 자기는 절대로 안 그러잖아요."

"나카모토 선배님은 결혼하셨잖아요. 아내와 아이를 길바닥에서 헤매게 할 수는 없으니 절대 그만둘 수 없다며 우는소리를 하셨어요. 힘들어 보이지만 부러워요. 하아, 나도 빨리 결혼했으면."

아무리 나라도 그 발언에는 저절로 얼굴이 굳었다. 그만큼 나카모토 선배를 나쁘게 이야기해 놓고, 이 급격한 태도 전환은 무엇이란 말인가. 매 순간 위기를 얼렁뚱땅 모면하려고 거짓말을 할 뿐, 자신이 무슨 거짓말을 했는지도 기억 못 한다는 말인가. 그녀에게 거짓말은 그 정도로 가벼운 것인가.

그래도 나는 미소를 잃지 않고 그녀의 이야기에 맞장구를 치며 그녀가 원할만한 답변을 돌려주었다. 어디까지가 진실인지 판단하기 어려운 이야기도 있었으나 그녀의 말이 진실인지 거짓인지는 중요하지 않았다.

한 시간 정도 대화를 나누며 그녀의 기분을 맞춰 준 후, 나는 말을 꺼냈다.

"이후, 일정은요?"

"없어요. 오늘은 실컷 어울려 달라고 할 생각으로 일정을 다 비웠거든요."

못 견디게 기대된다는 듯 그녀의 어깨가 들썩였다.

"그럼, 이제 모텔로 갈까요."

"네……?"

제아무리 그녀라도 놀란 모양이었다. 미네기시 씨가 말을 잇지 못한다.

나는 손을 뻗어 테이블 위에 놓인 그녀의 손에 나의 손

을 포갰다. 순간 움찔하던 그녀의 손에서 이내 힘이 빠졌
다.

"둘만의 공간에서 조금 더 당신에 대해 알고 싶어요. 가
기 싫으신가요?"

"싫지는…… 않지만."

급전개에 당황한 듯 그녀의 시선이 이리저리 움직였다.
나는 그녀의 결심을 재촉하려, 그녀를 바라보는 눈빛과
그녀의 손을 잡은 손에 힘을 주었다.

"가요."

자리에서 일어난 내가 가볍게 그녀의 손을 끌었다.

그녀는 저항하지 않았다.

나는 '이 손이 나나의 손이었으면 얼마나 행복했을까.'
하고 생각했다.

| 제2장 |

취조실 문이 열리고 두 명의 남자가 들어왔다.

한 사람은 그야말로 형사 중의 형사라 할만한 우락부락한 모습에 오십쯤 되어 보이는 반백 머리. 다른 한 사람은 반백 머리 형사의 아들뻘로 보이는, 호리호리하고 키가 큰 안경잡이.

반백 머리가 책상을 사이에 두고 내 맞은편에 있는 의자를, 키 큰 안경잡이가 노트북이 설치된 작은 책상 앞의 의자를 당긴다.

반백 머리의 남자는, 까무잡잡한 얼굴의 눈꼬리에 깊은 주름을 몇 개나 새겼다. 그러자 주위의 피부가 땅겨지며 얼굴이 온통 주름투성이가 됐다. 처음에는 어디가 아픈가 하고 생각했지만 아무래도 웃고 있는 것인가 보다.

"아, 처음 뵙겠습니다. 미네기시……."

그렇게 말하며 남자는 손에 든 수사 자료에 시선을 떨구었다. 노안인지 서류를 멀리 떨어뜨렸다가 다시 가까이 가져오기를 반복했다.

"유코입니다."

내가 이름을 대자 반백 머리는 얼굴을 온통 주름투성이로 만들었다.

"그래요, 그랬죠, 참. 미네기시 유코 씨. 지금부터 당신의 취조를 담당할 경시청 수사1과의 나카소네입니다. 저기 젊은 형사 쪽은 와타베고요."

나카소네의 턱짓에 키가 큰 안경잡이가 구부러진 등을 살짝 펴며 이쪽을 향해 가볍게 인사했다.

"나카소네 씨. 오키나와 출신이세요?"

내 질문이 의외였는지 나카소네가 어리둥절한 표정을 지었다. 그러나 이내 다시 주름투성이가 되더니 얼굴 앞에서 손을 가로저었다.

"조부님이 오키나와 출신이시라 들었습니다만, 저 자신은 도쿄 출생에 도쿄에서만 자랐습니다. 오키나와는커녕 관서보다 더 서쪽으로는 가본 적이 없습니다. 미네기시 씨는 후쿠오카 출신이시죠?"

"네, 맞아요."

"와타베가 나가사키 출신이죠."

나카소네가 엄지손가락을 세워 가리키자 와타베가 이쪽으로 고개를 돌렸다.

"어머. 그러시구나. 나가사키 어느 쪽이시죠?"

"사세보입니다."

와타베는 방심하면 무슨 말인지 알아들을 수 없을 정도로 소곤거리는 말투였다.

"아, 사세보. 저, 하우스텐보스에 가 봤어요."

"그러십니까. 저도 한번 가보고 싶은 마음이 있는데 아직은 못 가봤습니다. 나가사키 출신이라지만 초등학교 입학 후 곧장 아버지의 타지역 발령으로 가족 모두 도쿄로 이사 왔기 때문에 나가사키는 거의 기억나지 않습니다."

"어, 그랬어?"

나카소네는 의외라는 반응을 보였다.

"네. 여태 여러 번 말씀드렸지만요."

"그랬어? 혹시 그때 나 취했었나?"

"네, 그랬습니다."

"그러니까 기억을 못 하지."

나카소네는 단호히 말하고서 다시 이쪽을 보았다.

"제 딴에는 잘 아는 사이인 줄 알았는데 모르는 구석이 제법 많았나 봅니다."

그는 주름투성이 얼굴로 반백 머리를 긁적였다. 나는 미소로 화답했다.

나카소네가 마음을 다잡듯 의자를 조금 끌어당겼다. 끼익, 의자 다리가 바닥을 긁으며 내는 소리가 좁다란 밀실 콘크리트 벽에 부딪혀 돌아온다.

"어떤 혐의를 받고 계신지는 충분히 알고 계시리라 생각합니다. 으음, 체포 영장의 내용에 따르면, 당신은 그저께 시부야 구 도겐자카의 모텔 방에서 비품으로 갖춰져 있던 놋쇠 촛대로 피해자 이토 키미히로 씨의 머리를 수차례에 걸쳐 가격했다. 그 후 필요한 응급조치를 취하지 않고, 경찰 혹은 구급대에 통보 없이 현장에서 도주해 피해자를 사망에 이르게 했다…… 고 되어 있습니다. 틀림없는 사실입니까?"

"말씀하신 대로입니다."

"그렇군요. 틀림이 없다, 이 말씀이시네요."

나카소네가 친절하고 정중한 말투로 천천히 몇 번이고 확인했다.

그렇게 조심하지 않아도 나는 도망가거나 숨지 않는다.

"네. 틀림없습니다. 제가 그 사람을, 죽였습니다."

부인할 가능성도 상정했었는지, 나카소네가 안도한 듯 숨을 크게 내쉬었다. 그는 뒤쪽으로 고개를 돌리더니 와타베와 눈짓을 나누며 이야기를 계속했다.

"왜 살해하셨습니까?"

"그 사람이 바람피우고 있다는 사실을 알아버렸거든요."

나카소네가 희미하게 눈썹을 찌푸렸다.

"즉, 당신과 피해자인 이토 씨가 교제 중이었다는 말씀이신지?"

"네, 맞아요."

나카소네가 난처하다는 듯 입술을 일그러뜨리며 관자놀이를 긁적였다.

"저희 수사에서 그런 사실은 파악할 수 없었습니다. 이토 씨의 친구분 말씀으로는, 당신에게 영화를 보러 가자는 권유를 받고 망설였지만 거절하기로 했다고 하시더군요."

처음 듣는 이야기였다. 친구면, 모리오라는 이름의 무명 배우 말인가.

"하지만 거절당한 적 없습니다. 그날 모텔에 가기 전,

저와 키미히로 씨는 영화를 보러 갔습니다. 증거로 영화 표도 건네 드렸을 텐데요."

"네. 물론 받았습니다. 영화관에 설치된 카메라로 두 사람의 입장도 확인했습니다."

"그렇다면 어느 쪽이 진실을 말하고 있는지는 생각해 볼 필요도 없겠죠."

"아, 네. 그렇기는…… 한데."

나카소네가 어찌할 바를 몰라 하며 쩔쩔맨다.

"애초에 그날 저희는 모텔에 함께 들어갔거든요. 제가 질질 끌고 억지로 들어갔다거나 울며불며 매달려서 들어간 게 아니라, 그 사람이 가자고 해서 서로의 합의하에 모텔에 갔다고요."

"그 장면도 모텔 방범 카메라로 확인을 끝냈습니다. 당신과 이토 씨가 다정하게 팔짱을 끼고 들어가는 모습이 보였습니다. 프런트 종업원도 특별히 수상한 점은 눈에 띄지 않았다고 했습니다."

나는 자신의 정당성을 증명하듯 당당하게 가슴을 폈다.

나카소네가 눈치를 살피듯 비굴하게 눈알만 위로 굴려 나를 보았다.

"당신과 이토 씨의 관계는, 주위 사람들에게 비밀이었

다, 이 말씀이군요.”

“네, 맞아요. 사내 연애 금지까지는 아니었지만, 소장님이 그 사람을 눈엣가시로 여기시니 동료에게 손을 댔다는 이야기가 나오면 더 끔찍한 대우를 받을 게 눈에 훤하다며 비밀로 해 두자고, 그 사람이.”

“그래서 당신과 이토 씨의 관계를 아는 사람이 없었다, 그거군요.”

“사석에서 그런 질문을 받을 때 애인이 없다고 대답하는 게 괴로웠고 그가 저의 그런 모습을 보는 것도 고통스러웠지만, 그 사람의 직장 내 처지를 생각하면 어쩔 수 없는 일이라고 저 자신을 계속 타일렀어요. 그런데 그런 상황을 이용해서 다른 여자한테 수작을 걸다니…….”

격앙된 감정에 시야가 부옇게 흐려진다.

나카소네는 내가 눈물을 멈출 때까지 참을성 있게 기다려 주었다.

“죄송해요. 그 사람이 배신하다니, 정말 생각지도 못했던 일이라 아직도 마음이 정리가 안 돼서.”

“당신의 마음은 언젠가 정리될지도 모르지만, 이토 씨가 눈을 뜨는 일은, 이제 두 번 다시 없습니다.”

그의 말투는 다소 노기를 품은 듯하나 그것을 억누르고

있었다.

"저도 알죠. 말도 안 되는 짓을 저질렀네요."

나카소네의 비난 어린 시선이 느껴진다.

"이토 씨가 바람피우고 있다는 사실은 어떻게 아셨습니까? 이전부터 어렴풋이 그런 느낌이 들었다거나 했습니까?"

"아뇨. 전혀요. 그 사람이 모텔 화장실에 들어갔을 때 우연히 그 사람의 휴대폰으로 메시지가 온 것을 봤거든요. 나나라는 여대생이었어요."

이미 조사는 되어 있는 듯했다. 나카소네가 자료를 보며 확인했다.

"타시로 나나 씨 말씀이군요. 제국여대 3학년인."

"네, 그래요."

"타시로 씨와 면식이 있으십니까?"

나카소네의 질문에 나는 고개를 끄덕였다.

"한 번이지만요. 그녀가 사무소까지 찾아오는 바람에 함께 술자리를 가진 적이 있거든요."

"그럼 그때 한 번뿐이시군요."

"네. 나나가 키미히로 씨에게 호의를 품고 있다는 사실은 어렴풋이 알고 있었어요. 하지만 키미히로 씨는 친구인 모리오가 제멋대로 그녀에게 말을 걸었을 뿐이고 자기는 아무 흥미가 없으니 신경 쓰지 말라고 해서 믿고 있었어요. 설마 그 뒤로도 그녀와 연락을 주고받고 있었다니, 꿈에도 몰랐어요."

"참고로, 타시로 나나 씨가 보낸 메시지의 내용은요?"

이미 그 내용을 알고 있음이 분명하나 나카소네는 나에게 확인했다.

"요전에 함께 보러 간 그 영화, 친구에게 추천했더니 친구도 보러 갔는데 재미있었다고 하더라는…… 대충 그런 식의 내용이었어요. 물론 나나가 말한 그 영화는 저와 키미히로 씨가 그 직전에 둘이서 함께 본 영화고요. 키미히로 씨는 처음 보는 척했지만 실제로는 나나와 이미 그 영화를 봤단 말이죠."

나카소네가 이해한다는 듯 고개를 끄덕이며 뒤를 재촉했다.

"그래서요?"

"저는 화장실에서 나온 키미히로 씨를 추궁했어요. 키미히로 씨는 모르는 척 시치미를 뗐지만 제가 여태 주고받은 문자를 확인하게 해달라고 하자 내 말을 못 믿겠냐며 화를 냈어요. 그래도 저는 끈질기게 계속 요구했죠. 그

때까지는 그를 진심으로 믿고 있었기 때문에 거짓말을 밝혀내고 싶은 마음보단 안심하고 싶은 마음이 강했거든요. 잠시 후 키미히로 씨는 오히려 자기가 더 화가 났다는 듯이 잠금 해제한 휴대폰을 저에게 던져서 넘겼어요. 문자를 확인해 보니 나나와 하루에 몇 통씩이나 메시지를 주고받았더군요. 떨림이 멈추질 않았어요. 그 사람은 불쾌하다는 듯이 저에게서 등을 돌린 채 침대에 걸터앉아 있었죠. 그때 불현듯 침대 곁에 놓인 놋쇠 촛대가 눈에 띄었어요."

이야기하는 동안 영상이 선명하게 뇌리에 떠오른다. 마치 그것이 현실에서 일어났던 일인 것처럼 느껴졌다.

"그래서 촛대를 손에 쥐고 등 뒤에서 이토 씨를 후려쳤다?"

나카소네의 질문에 고개를 끄덕이려다 생각을 바꿨다. 첫 일격은 머리 앞부분, 이마 부근이었을 터.

"제가 가격하기 직전에 그가 돌아봤어요. 그의 놀란 표정이 지금도 눈에 선명해요."

이로써 완벽하다. 유체의 상처와 나의 진술이 일치한다.

"흐음……."

얼굴 앞에다 깍지를 끼고 참혹하다는 듯이 눈을 감고 있던 나카소네가 눈꺼풀을 열었다. 그의 시선이 나의 왼쪽 손목 부근에 집중되었다.

"참고로 손목에 난 그 멍은 어쩌다가?"

"어……."

나도 모르게 손을 뒤로 뺄 뻔했다. 그러나 그런 짓은 자신을 수상하다고 말하는 꼴이나 다름없었다. 나는 셔츠 소매를 걷어 올려 왼쪽 손목을 드러내 보였다.

"이거요?"

"네. 그거요. 꽤 아파 보이는데요."

나카소네가 자신의 손목을 문지르며 자기까지 아프다는 듯이 얼굴을 찡그렸다.

검푸른 색의 가늘고 긴 멍이 나의 손목을 반쯤 휘감고 있었다.

얼른 생각해 보지만 그럴싸한 변명거리가 생각나지 않는다.

"언제 생겼는지는, 잘 모르겠네요."

아무리 그래도 이런 변명으로는 조금 어렵지 않을까 했지만, 나카소네는 대수롭지 않은 일을 넘기듯 고개를 끄덕였다.

"멍쯤이야 본인도 모르는 사이에 생길 수 있습니다. 그래도 이렇게 생긴 멍은 그리 흔한 게 아니라서……."

말끄러미 응시하는 시선을 더이상 참을 수 없었다. 나는 소매를 내려 멍을 감췄다.

나기소네는 관심을 잃은 눈치였다.

"죄송합니다. 이야기가 딴 길로 샜군요."

"아뇨, 괜찮아요."

나는 자신을 완벽하게 컨트롤하지 못했다는 생각에 속으로 혀를 찼다.

"이런 사실을 전해드리기는 괴로우나."

나카소네가 껄끄럽다는 듯이 관자놀이를 긁적인다.

"말씀해 보세요."

"타시로 씨의 이야기를 들어본 바로는, 둘 사이에 육체관계는 없었다고 하더군요. 함께 영화를 보러 간 것은 사실이나 그 이상은 아무 일도 없었고, 그저 친구 중 한 사람이었을 뿐이라고 하셨습니다."

"정말인가요?"

나는 앞으로 쓰러질 듯 휘청이며 물었다.

"네. 심정적인 부분까지야 저희가 뭐라고 할 수는 없지만요. 하지만 적어도 이토 씨는 선을 넘지 않았다. 당신은 그를 너무 사랑한 나머지 터무니없는 누명을 씌워 살해했다는 말이 됩니다."

"맙소사……."

나는 목소리를 떨었다. 목구멍에 힘을 주는 사이에 시야가 뿌옇게 번져 왔다.

"내가, 무슨 짓을……."

몇 번쯤 눈을 깜박여 눈물을 쥐어 짜냈다. 나는 한줄기 눈물이 뺨을 타고 흐르는 장면을 보여준 다음, 두 손으로 얼굴을 감싸며 책상에 엎드린 채 오열했다.

✢ ✢ ✢

"—선배님? 나카소네 선배님?"

자신을 부르는 소리에 나카소네 노리히사는 정신을 차렸다.

와타베가 옆자리에서 덮밥을 든 채 걱정스러운 얼굴로 보고 있었다. 나카소네도 왼손에는 덮밥을, 오른손에는 젓가락을 들고 있었다. 그러나 오른손은 일절 움직이지 않았고 돈가스 덮밥의 돈가스는 한 조각밖에 줄어들지 않았다.

"무슨 일 있으십니까. 멍하니 계시고."

"별일 아냐. 조금 생각할 일이 있어서."

이제야 생각난 듯 젓가락을 움직여서 입속으로 급히 밥을 쓸어 넣는다.

반면 와타베는 이제 막 식사를 마친 모양이었다. 그릇을 책상 위에 내려놓고 대신 찻잔을 손에 들었다. 양이 적고 느리게 먹는 와타베와 이 정도로 차가 벌어졌다면 대체 얼마만큼의 시간 동안 멍하니 생각에 잠겨 있었다는 말인지.

두 사람은 형사부 부서실에서 점심을 먹고 있었다. 나카소네가 취조를 담당한 미네기시 유코도 지금쯤 식사하고 있을 것이다.

"생각할 일이면, 이번 사건 말씀입니까?"

"어."

"미심쩍은 부분이 있습니까? 피의자는 범행을 자백했고 동기도 확실한 데다 증거도 있습니다. 단순한 치정 싸움 아닙니까."

와타베가 말한 대로였다. 미네기시 유코의 범행에 의심의 여지는 없다. 미네기시 자신도 범행을 인정했고 취조에도 협조적이라, 부인하거나 묵비권을 행사하는 피의자들보다 훨씬 간단한 사건처럼 느껴졌다.

그런데도 나카소네는, 유코의 진술을 순순히 받아들일 마음이 들지 않았다.

"이야기의 어디까지가 진실인지."

나카소네의 혼잣말에 와타베가 의아하다는 눈빛을 보냈다.

나카소네는 와타베를 똑바로 봤다.

"그 여자 말이야, 내가 자기소개를 했을 때 오키나와 출신이냐고 물었어."

"그게, 왜요?"

어떤 점이 이상하냐는 듯 와타베가 고개를 갸웃거렸다.

"오키나와에서 흔한 성씨니까 오키나와 출신이냐고 물었겠지. 첫 대면인 상대의 성씨를 화제로 삼는다, 흔히들 하는 평범한 잡담이지."

점점 더 혼란스러워지는지 와타베가 미간을 잔뜩 찌푸렸다.

나카소네는 답답하다는 듯이 말한다.

"지극히 냉정했다는 뜻이야. 살인 용의자로 몰린 여자가 취조실에서 형사를 마주하고도 뜬금없이 쓸데없는 잡담을 늘어놓았다니까. 정상이 아니야."

"듣고 보니 그런 것 같기도 하고……."

이런 식으로 말꼬리를 흐릴 때의 와타베는 나카소네의 말을 납득한 게 아니다.

"그리고 그 멍. 기억나지."

나카소네는 자신의 왼쪽 손목을 오른손으로 꽉 쥐며 말했다.

"네. 물론이죠."

"그건 강한 힘으로 압박당했을 때 생기는 멍이다. 미네기시는…… 이토에게 당한 게 아닐까."

"이토면, 피해자인 이토를 말씀하시는 거죠."

와타베의 눈이 둥그레진다.

"그래."

"그건 좀 이상한데요. 두 사람은 교제하던 사이고 함께 모텔에 들어갔습니다. 모텔 현관에 설치된 방범 카메라 영상만 보자면 미네기시 쪽이 이토에게 바짝 들러붙어 있었고, 이토가 강요하고 있다는 느낌은 없었습니다. 그랬는데 방에 들어가서는 그럴 생각이 아니었다고 하면 남자는 당연히 화가 나겠죠."

"성교를 거절했기 때문에 다툼으로 번졌다고 단정 지을 수는 없어. 예를 들어 미네기시가 진술한 대로 이토가 바

람피운 흔적을 미네기시가 발견해서 추궁했다 치자고. 이
토가 적반하장으로 미네기시에게 폭력을 행사했다. 폭력
에서 탈출하고자 했던 미네기시는 근처에 있던 놋쇠 촛대
를 얼른 손에 들어 이토의 머리를 내리쳤다…… 그럼 입
실 전에 두 사람이 보였던 뜨거운 애정 행각이 정합성을
갖추게 되지."

머릿속으로 범행 상황을 재현하고 있는지 흉기를 내리
치는 동작을 하던 와타베가 잔뜩 찌푸린 면상을 좌우로
흔들었다.

"그래도 역시 이상한데요. 만약 이토가 먼저 덮쳤다면
미네기시는 정당방위를 주장할 가능성이 생깁니다. 빤히
알고도 그 기회를 놓쳤다는 말씀입니까?"

"아무리 그래도 정당방위는 힘들겠지, 유체의 참상을
보면 말이야. 기껏해야 상해치사 정도일걸."

나카소네는 쓴웃음을 지으며 어깨를 한 번 들먹였다.

유체의 두부에는 최초 일격으로 여겨지는 좌측 두부 외
에도 십수 회에 걸쳐 타격이 가해진 흔적이 있어, 안면은
확인이 불가능할 정도로 변형되어 있었다. 상대의 저항이
없어진 후, 혹은 상대가 절명한 후에도 집요하게 공격을
가한 것으로 여겨진다. 강한 원한이 느껴지는 범행 수법

이었다.

하지만, 감형을 노린다면 정당방위를 주장하는 것이 제일이었다. 밀실에서 벌어진 일이다. 시체는 말이 없고. 그러나 미네기시는 처음부터 정당방위의 가능성을 포기했다.

"결국, 이토는 바람을 피우던 게 아니었어."

"네. 타시로 나나의 말을 신용한다면, 말이죠."

육체관계가 없었다는 말은 사실일 것이다. 이토와 타시로 나나가 주고받은 메시지는 서로에게 어렴풋이 연정을 품고 있음이 전해지기는 하나 깊은 관계를 암시하는 것은 아니었다.

"하지만 어디부터 바람으로 볼지는 사람에 따라 상당히 다르니까요. 그야말로 단둘이서 영화를 보러 갔다, 단둘이서 식사를 했다. 그 정도로도 바람이라고 생각하는 사람은 있으니까요. 그 두 사람이 주고받은 메시지는 고교생 커플처럼 풋풋한 느낌이었지만, 가령 이토와 미네기시가 권태기에 들어간 사이였다고 한다면 그런 풋풋한 느낌의 대화를 보고 질투에 미쳐버릴 수도 있을 겁니다."

"그래, 뭐."

그래도 아무래도 이해가 가지 않는다.

"애초에 미네기시와 이토는 정말로 교제하던 사이였을까?"

"거기부터 하시게요?"

와타베는 조금 질려 하며 웃었다.

"이토는 타시로 나나와 빈번하게 메시지를 주고받았지만 미네기시와는 한 번도 하지 않았어."

"이토와 미네기시는 직장이 같고 거의 매일 얼굴을 마주하니까 그럴 필요가 없었던 게 아닐까요?"

"아무리 그래도 같이 사는 것도 아닌데 문자와 전화를 일절 주고받지 않는다니, 부자연스럽잖아?"

"두 사람의 동료가 하는 말을 들어보면, 이토가 소장의 눈 밖에 났다는 진술은 사실인 것 같으니까 조심하고 또 조심했던 게 아닐까요."

"그만큼 신중하니까 보통은 휴대폰으로 연락을 하지 않겠어?"

"그럴지도 모르지만, 세상에는 정말 다양한 형태의 커플이 있으니까요. 제 친구 중에는 아무렇지 않게 애인이랑 3달 정도 연락을 안 하는 녀석도 있거든요."

"그래 가지고 사귄다고 할 수 있어?"

"저도 그렇게 물어봤는데 본인은 사귀는 거라고 주장하

니까요. 그런 커플도 있을 정도입니다. 이를테면 그런 거리감으로 교제 중이던 이토와 미네기시 사이에 어리고 매력적인 타시로 나나가 등장했고, 이토가 그녀에게 푹 빠지면서 미네기시와 하지 않았던 메시지 교환을 빈번히 했을 가능성도 있지 않습니까?"

와타베는 필시 이토와 미네기시의 교제 여부에는 큰 관심이 없다. 미네기시 본인이 이미 범행을 인정했기 때문이다. 기소에 필요한 정도의 진술 정합성만 있으면 그걸로 충분하다는 생각이라도 하는 것이겠지. 영 이해 못 하는 바도 아니었다.

"최초에 습격한 사람이 이토인데 미네기시가 그 사실을 숨기고 자기가 먼저 손을 댔다고 할 가능성이 더 희박하다고 생각하는데요."

와타베의 말도 일리가 있다. 미네기시의 말대로 진술 조서를 작성하면 끝날 일을 구태여 복잡하게 만들 필요는 없다고, 나카소네도 생각했다.

그러나 아무리 생각해도 찜찜했다.

그 여자는 거짓말을 하고 있었다. 목적은 짐작도 안 가지만 정의와 진실을 희구해야 할 경찰이 그 여자에게 농락당한 채 그 여자가 원하는 형태로 수사를 종결지어서야 되겠는가.

얼마간의 묵고 후에 나카소네는 고개를 들었다.

아무 말도 없었지만 와타베는 그의 뜻을 이해한 듯했다.

"알겠습니다. 이야기를 들으러 누구를 찾아가실 겁니까?"

와타베는 체념한 듯 어깨를 으쓱했고, 의자 등받이에 걸어 놓았던 재킷을 손에 들었다.

＊　＊　＊

점심시간을 사이에 두고 곧장 취조가 재개되나 했지만, 다시 취조실로 유도됐을 때는 저녁이 되어 있었다.

내 눈앞에는 오전 중에 보았던 것과 똑같은 면면이 있다. 취조관인 나카소네와 기록 담당인 와타베다.

"기다리게 해서 죄송합니다. 실은 마음에 걸리는 점이 있어서 스마일 법무사무소에 다녀왔습니다."

나카소네가 비굴한 태도로 반백 머리를 긁적였다.

"이토 씨가 해고되고, 일주일도 지나지 않아서 그런 사건이 일어나 미네기시 씨까지 사라지니 사무소 분들이 정신없는 것 같더군요. 그런 와중에 이야기를 여쭙자니 꽤 마음이 불편했습니다."

"사무소 분들께는 폐를 끼치게 되어 정말 송구스럽게
생각합니다."

"미네기시 씨도 꽤 귀중한 전력으로 여겨지고 계시더군
요."

"귀중한지 어떤지는 저 스스로 판단하기 어렵습니다만
간단한 등기 신청서 작성 정도는 저에게 맡겨 주신답니
다."

나카소네가 감탄스럽다는 듯 입술을 오므렸다.

"실례되는 질문일 수도 있지만, 미네기시 씨는 시간제
로 근무 중이시죠?"

"그렇기는 한데 스마일 법무사무소에는 법무사 자격증
을 가진 사람이 두 명밖에 없거든요. 소장님, 그리고 소장
님과 오랜 친구 사이인 부장님이요. 나머지는 정직원이든
시간제든 간에 보조자 역할로 직무에 임하죠."

"아, 그렇습니까. 제가 조사를 게을리 한 탓에 그런 내
부 사정까지는 몰랐습니다. 그렇다면 미네기시 씨도 정직
원분들과 똑같은 업무를 하실 수 있다는 말씀이군요."

"아직 입사한 지 반년밖에 되지 않아 배우는 중이지만
요."

"그래도 등기 신청서 작성 정도는 했다."

"네. 권리 관계가 복잡하지 않은 일에 한해서지만요."

"즉, 어떻게 하면 등기 절차가 늦어지는지도 알고 있었다."

나카소네의 속내를 제대로 이해하지 못한 채, 나는 미간을 찌푸렸다.

일순의 침묵 후, 나카소네가 자신의 머리를 가볍게 툭툭 쳤다.

"갑자기 실례되는 말씀을 드려 죄송합니다. 실은 미네기시 씨의 동료 중 한 분께 조금 흘려듣기 힘든 이야기를 들었습니다."

그 순간 나카모토의 얼굴이 뇌리에 떠올랐다.

"어떤 얘기죠?"

"이토 씨가 해고된 계기는 중대한 업무 실수를 저질렀기 때문이지요."

"네. 상속에 관련된 소유권 이전 등기에서요. 깜박하고 필요 서류를 보내지 않아서 등기 절차가 중단되었고, 그 사이에 의뢰인과 이해관계가 대립하던 의뢰인의 동생이 등기를 가로챘다고 들었어요."

"그런데 말이죠, 어느 한 분이 말씀하시기를 이토 씨가 그렇게 단순하고 치명적인 실수를 저지를 리 없다고 하셨습니다. 설령 그런 실수를 했다 해도 깜박하고 보내지 않은 서류를 책상 서랍에 숨겨 두는, 그런 어린애 같은 은폐 공작을 할 리가 없다. 누군가가 이토 씨를 함정에 빠뜨린 게 틀림없다고요."

"제가 키미히로 씨를 함정에 빠뜨렸다, 그렇게 말씀하고 싶으신가요?"

"그런 말씀은 드리지 않았습니다."

"그래도 지금 그런 뜻으로 이야기를 꺼내셨잖아요."

나카소네가 아무 말 없이 어깨를 움츠렸다.

나는 속으로 혀를 찼다. 나카모토 그 인간, 막연한 분위기가 모든 것을 꿰뚫어 보는 것 같아서 처음부터 불쾌했다. 무슨 수를 써서라도 제거해 두었어야 했다.

그리고 나카소네라는 이 남자도 보통내기가 아니다. 내가 죄를 인정했는데도 진술을 그대로 믿지 않고 그 진위를 확인하려 한다.

"나카소네 씨가 말씀하신 그 사람, 나카모토 선배인가요?"

"그건 말씀드릴 수 없습니다."

나카소네는 고개를 저었다.

"다른 사람이면 몰라도 나카모토 선배의 말은 절대로 믿지 마세요."

"어째서죠?"

"그 사람이 저를 끈덕지게 유혹했거든요."

나카소네는 미심쩍다는 듯 미간을 찌푸렸다.

"유혹이라니, 그게 무슨?"

"모텔이요. 몇 번이나 거절했는데 그래도 포기하질 않아서. 최근에는 지금 다니는 사무소에 못 나오게 만들어 줄 거라는 협박 같은 말도 들었어요."

"그렇습니까."

나카소네는 별 흥미가 없는지 턱을 긁적였다. 내 이야기를 믿지 않는 눈치였다.

"이토 씨는 뭐라고 하셨습니까. 미네기시 씨는 이토 씨와 교제 중이셨잖습니까. 갑자기 해고당한 일로, 그가 연인인 당신에게 뭐라고 하던가요."

"머릿속이 텅 빈 것 같다…… 그렇게 말했어요. 어찌나 침울해하는지 지켜볼 수가 없었죠."

"이상하군요. 그런 상태인데 태평하게 당신과 데이트를 했다는 말씀입니까?"

"그런 상태니까 한 거죠. 침울해하는 그 사람의 기운을

북돋아 주려고 제가 그 사람을 억지로 끌고 나간 거란 말이에요."

욱하고 치밀어 오르는 화에 말투가 날카로워졌다.

나카소네는 깜짝 놀랐는지 턱을 당기고 눈썹을 꿈틀거렸다.

"저 때문에 기분이 상하셨다면 사과드리겠습니다. 그런 의도로 말씀드린 게 아니었는데."

"아뇨, 기분 상하기는요."

말은 그렇게 했지만, 말투에는 아직 가시가 남아 있었다. 정신 차리자. 이 형사는 나를 도발하려는 것이다. 감정을 억누르자.

"당신은 갑작스러운 해고로 거의 넋이 나간 이토 씨를 위로해 주기 위해 그를 데리고 나가 데이트를 했다. 그런데도 바람을 피웠다고 의심하며 그를 추궁했다는 겁니까? 직장을 잃고 침울해하는 그에게는 그럴 상황이 아니었을 텐데요?"

울컥 화가 치밀었다.

"무슨 말이 하고 싶으시죠?"

나는 거칠게 말을 내뱉은 뒤 지나치게 감정적이었다며 후회했다. 이래서는 나카소네가 의도한 대로다.

"진정하십시오. 저는 상황을 정리하고 있을 뿐이니까요."

기분 탓인지는 몰라도 두 손을 내미는 장년 형사의 목소리가 어쩐지 들떠있는 것처럼 느껴졌다.

❖ ❖ ❖

"이토 씨와의 첫 만남부터 순서대로 이야기해 주시겠습니까?"

이틀째 되는 날의 취조는 나카소네의 그 말로 시작됐다.

"첫 만남은 6개월 전일 거예요. 시간제로 채용된 스마일 법무사무소에서 그와 처음 만났어요."

솔직히 처음에는 그의 존재를 거의 의식하지 않았다. 기념비적인 첫 만남의 순간은 기억이 애매하다. 하지만 어느새 내 마음속에 들어온 그 사람은, 메마른 바위에 스며드는 빗물처럼 어느덧 나를 침식하고 있었다. 충만함을 안다는 것은 동시에 갈증을 안다는 것이다. 나는 그 사람을 지나치게 갈구한 나머지 강렬한 갈증을 자각하게 되었다.

나카소네가 손에 든 자료에 시선을 떨군다.

"스마일 법무사무소 전에는 마나베 전기상회에서 사무직 아르바이트를 하셨죠. 여기서는 얼마나 근무하셨습니까?"

"2년…… 정도예요."

"그 이전에는 코마에 은행에서 일하셨고요. 여기는요?"

"1년 반 정도예요."

"1년 반……."

음미하듯 중얼거리더니 나카소네가 고개를 들었다.

"아까운데요. 졸업 후 처음 입사한 은행을 그렇게 빨리 그만두다니."

"그런가요. 사람마다 다르니까요."

냉담한 말투로 그렇게 말하자 나카소네가 어깨를 움츠리며 반백 머리를 긁적였다.

"하긴 그렇군요. 사과드리죠. 저도 아이가 둘이나 있다 보니, 저도 모르게 부모의 시선으로 보게 됐습니다."

나는 흥 하고 코웃음을 쳤다.

"제 인생이에요. 부모가 무슨 상관이죠."

"하지만 아버님이 땀 흘려 일해서 대학까지 보내주셨는데 기껏 들어간 직장을 1년 반 만에 그만두면—"

나는 강한 어조로 말을 가로막았다.

"저는 아버지가 없습니다."

나카소네가 어리둥절한 표정을 짓는다.

"대학은 장학금으로 다녔습니다. 어머니께는 한 푼도 받지 않았고요."

"그랬군요. 실례했습니다."

나의 어머니는 21세에 나를 낳은 싱글맘이었다. 아버지는 어머니가 일하던 스낵바의 단골이었다는데 어머니의 임신 사실을 알게 되자마자 행방을 감추었다고 한다. 그러나 나는 아이를 낳는다는 선택을 한 내 어머니에게 낳아 줘서 고맙다며 인사할 마음은 없다. 어머니는 나를 낳았지만 내 어머니는 되지 못했다. 어머니는 구루메에 있는 친정에 나를 맡기고 밤이면 밤마다 남자들과 놀아나기 바쁜 그런 매일을 보냈다. 나는 외할머니의 손에서 자랐다. 그러나 애정을 듬뿍 받으며 자란 것은 아니었다. 잠잘 곳과 최소한의 의식주를 제공받았을 뿐이다. 외할머니는 생활보호대상자였고, 가난했었다. 그리고 가난에서 오는 울분을 가끔 내게 쏟아냈다. 그것은 말일 때도 있고 폭력일 때도 있었다. 만족스러울 만큼 옷을 사 주지도 않아서 나는 며칠씩이나 같은 옷을 입고 초등학교에 다녔다. 같은 반 친구들은 그런 나를 세균이라고 부르며 비웃었다.

나에게 닿으면 감염이라도 되는 양 내가 만진 물건을 서로 떠넘기며 놀았다.

나는 아버지가 데리러 오는 망상을 하며 자신을 위로하게 되었다. 아직 만나지 못한 나의 상상 속 아버지는 세련된 옷차림을 하고 있으며 결코 나에게 손을 대지 않고 내가 원하는 것은 무엇이든 사 줄 수 있는 재력을 가지고 있었다. 하지만 변두리 스낵바의 단골이자, 몰래 정을 나눈 호스티스의 임신을 알고서 달아난 남자가 그렇게 스마트한 인물일 리는 없었다. 그러나 상상만 할 뿐이라면 내 자유다. 나는 내 입맛에 맞게 상상 속의 아버지에게 살을 덧붙여댔다.

어쩌면 나는 아직도 아버지를 찾고 있는 게 아닐까 하는 생각이 들 때가 있다. 나를 무조건 받아들여 주고, 따스하게 지켜 주고, 모든 것을 내어 주고, 결코 나를 배신하지 않는 상상 속의 아버지를.

"아, 그러니까. 코마에 은행 다음이 마나베 전기상회 맞습니까?"

나카소네가 자료를 응시하며 미간을 찌푸렸다.

"아뇨. 그 중간에 편의점에서 아르바이트를 했어요. 하트풀마트 이다바시 역전점이요."

"거기서는 어느 정도 하셨죠?"

"일 년, 조금 안 되게요."

"그럼 졸업 후 처음 입사한 코마에 은행을 1년 반 만에 그만둔 후, 편의점에서 약 1년, 마나베 전기상회에서 2년 근무한 후 반년 전에 스마일 법무사무소에 들어갔다."

확인을 구하는 눈짓에 나는 고개를 끄덕여 응했다.

"네, 틀림없습니다."

다시 시선을 떨군 나카소네가 복잡한 표정으로 관자놀이를 긁적인다.

"생활비는 어떻게 감당하셨습니까? 당신은 현재 29세이시죠. 일하지 않은 공백 기간이 꽤 있었네요. 본가의 도움도 기대하기—"

말꼬리를 길게 늘이며 힐끔 위를 본다.

내가 고개를 젓는 것을 확인한 후 말을 잇는다.

"그렇겠죠. 본가의 도움은 기대하기 어려웠을 테고. 그런 와중에 혼자서 생활을 유지하느라 힘드셨겠습니다."

"하고 싶은 말씀이 뭐죠?"

나의 반응을 살피는 듯 침묵하더니, 나카소네가 입을 열었다.

"아니, 그런 것은 아니고. 실은 저희 취조원이 하트풀마트 이다바시 역전점의 점장님에게 이야기를 들으러 다녀 왔습니다."

모르는 척하고 내 입으로 불게 하더니, 미리 조사해 두었던 모양이다.

"당신이 근무한 약 1년 사이에 점장님이 연이어 두 명의 알바생을 해고하셨더군요. 두 사람이 계산대에서 현금을 훔쳤다며 가게에서 가장 성실하게 근무하던 당신이 고발했고, 그것을 그대로 믿어버렸다고요. 뒤돌아보면 그 두 사람에게는 면목이 없다며 후회하시던데요."

그런 일도 있었지, 하며 지난 일을 추억했다. 지금 그 두 사람은 어떻게 지내고 있을까.

"당신이 세 번째 고발을 해오자 역시 조금 이상하다고 느끼셨답니다. 점장님 말씀으로는 가끔 그런 몹쓸 인간이 나타나기는 하지만, 아무리 그래도 1년도 안 되는 시간 동안 세 명은 너무 많다고. 거기다 세 명을 고발한 사람은 전부 당신이었고요. 그래서 점장님이 방범 비디오를 확인해 봤더니 계산대에서 현금을 훔치는 듯한 당신의 모습이 찍혀 있었고요. 그 영상을 내밀며 묻자 당신은 격분하며 그대로 가게를 그만두었다고 하시더군요."

"있지도 않은 사실로 누명을 씌우는데 불쾌해하지 않을

사람이 있나요."

"물론 그렇습니다."

나카소네가 포개고 있던 손을 비비며 자료에 슬쩍 시선을 옮겼다.

"마나베 전기상회 쪽에서도 고참 여성 사무원 한 분이 해고당하셨더군요. 듣자 하니 회사 운전 자금을 횡령했다는 의심을 받았다나 어쨌다나."

마음에 안 드는 여자였지, 하고 나는 눈을 가늘게 뜬다.

"그리고 어디까지나 소문에 지나지 않습니다만, 당신에게 성희롱으로 고소당할 뻔한 사장님이 당신에게 상당한 액수의 위자료를 지급했다는 이야기도 들었습니다."

"그건 소문이 아니라 사실이에요. 저는 사장님의 성희롱 때문에 마나베 전기상회를 그만뒀거든요."

"그리고 상당한 액수의 돈을 손에 넣었다."

"제가 받은 정신적 고통은 돈으로 환산할 수 없는데요."

내가 미간을 찌푸리며 노려보자 나카소네는 어깨를 움츠렸다.

"이토 씨와는 언제부터?"

"딱 잘라 언제부터라고 대답하기는 곤란하네요."

"그 말씀은 대답하기 싫다는 뜻입니까."

"아뇨. 자연스러운 흐름으로 관계가 깊어졌기 때문에 언제부터라고 명확한 답변을 드리기가 어려워서요."

맨 처음 그를 남자로 의식한 게 언제였지.

아마도 그때다. 내가 스마일 법무사무소에서 근무를 시작하고 일주일쯤 지났을 무렵, 복수의 안건에 관련된 물건을 조사하러 법무국에 나갔다가 그중 한 건의 조사를 깜박하고 사무소에 돌아온 적이 있었다. 그 한 건은 키미히로 씨가 부탁한 것이었다. 사무소에 돌아왔을 때는 이미 법무국 창구가 닫혀 있어 다음날 다시 가는 수밖에 없었다. 나는 키미히로 씨에게 사과하고 그길로 소장실로 향하려 했다. 소장이 말도 안 되게 불같은 성격의 소유자인 것은 일주일만 근무하면 알게 된다. 자그마한 실수도 절대 용서치 않고, 거의 인권 침해에 가까운 말로 부하를 매도하는 장면도 몇 번이나 목격했었다. 나는 저기압일 때의 외할머니가 떠올라 가슴이 답답해졌다. 기어이 그 더러운 욕설의 비를 내가 직접 맞게 되는구나.

하지만 그 순간 키미히로 씨가 나를 불러세웠다. 괜찮다는 말만 남기고 그 사람은 나를 두고 소장실로 들어갔다. 책임져야 할 점은 일절 없음에도 불구하고 그는 스스로 실수를 뒤집어써서 나를 지켜 주었다.

이 사람은, 어린 시절부터 쭉 갖길 원했던 아버지 그 자체가 아닌가. 상상 속에만 존재하는 가공의 생명체처럼 여겨 왔던 존재가 돌연 실체를 가지고 내 눈앞에 나타났다. 그때 받은 충격은 아무도 상상할 수 없을 것이다. 어린 시절 동경하던 애니메이션 속의 히어로가 현실에 나타나서 세상을 구해 주는 경험은 아무도 해본 적이 없을 테니까. 드디어 만났구나 하는 기쁨에 온몸이 떨려 왔고, 나는 탕비실에 틀어박혀 아무도 모르게 울었다.

그러나 만남의 기쁨은 상실에 대한 불안의 시작이기도 했다. 정말 이 사람일까. 이 사람은 진심으로 신뢰할 만한 가치가 있는 남자일까. 만일 내 전부를 기대려고 마음먹은 순간에 나를 버리고 냉큼 도망쳐 버리는 그런 무책임한 남자면 어쩌지. 내 어머니를 버리고 도망친, 아버지 같은 남자면 어쩌지.

나는 불안에 괴로워했다. 지금까지도 이 사람이라고 확신할 뻔한 남자에게 번번이 배신당해 온 과거가 있다. 내가 어떤 사람이든 받아들여 줄 수 있는 남자여야 한다. 신뢰할 수 있는 상대인지 아닌지 확인해야 한다.

나는 조금씩 그를 시험하기 시작했다. 업무를 할 때 일부러 실수를 저질러서 소장에게 불합리한 매도를 당하도록 상황을 꾸몄다. 그 사람으로서는 매번 기억에도 없는 일로 매도당한 것이다. 정말로 책임져야 할 사람은 나라고 그 사람도 짐작은 하고 있었을 것이다. 과연 그런 상황에서도 나를 지켜 주려고 할까.

그 사람은 내가 내는 시험을 번번이 통과했다.

나카소네가 말하기 껄끄럽다는 듯 얼굴을 찌푸렸다.

"그래도 그 왜, 있지 않습니까? 어느 시기부터 교제하고 있는지 판단할 수 있는 기준이."

"무슨 말씀인지 모르겠습니다."

"육체관계는 언제부터 하셨냐 이 말입니다."

"대답할 생각 없습니다."

내 관점에서 볼 때 육체관계 같은 건 큰 의미가 없다. 육체관계로 애정의 정도를 측정하다니 말도 안 된다. 세상에는 서로를 사랑하지도 않으면서 육체관계를 가지는 남녀의 예가 셀 수도 없을 만큼 많지 않은가. 나와 키미히로 씨는 그런 차원을 초월한, 훨씬 깊은 신뢰로 맺어져 있다.

불현듯 증오로 가득한 눈빛으로 나를 내려다보는 얼굴이 뇌리에 떠올랐다. 키미히로 씨의 얼굴이다. 내 몸 위에 걸터앉아 있다. 나의 두 손목을 꽉 누르고 있는 그의 손이 내 목으로 이동하더니 힘이 들어간다. 엄지손가락이 경동맥을 파고들자 나의 의식은 몽롱해지기 시작한다.

나는 구속에서 벗어나기 위해 발버둥 친다. 팔다리를 열심히 버둥대며 몸을 좌우로 비튼다.

그 순간, 놋쇠 촛대가 시야 끝에 비쳤다. 수많은 남녀의 땀과 체액이 증발해서 떠돌기라도 하는 것처럼 축축하고 곰팡내 나는 낡고 어두컴컴한 모텔. 오래돼 바랜 것처럼 거뭇거뭇한 벽의 색상과 기가 막히게 어울리는 오래된 집기 중 하나였다.

나는 손을 뻗어 차가운 금속을 손에 꼭 쥐었다.

그리고 그것을 키미히로 씨의 이마에 내리쳤다.

키미히로 씨가 선혈에 물든 이마를 손으로 누르며 핑그르르 쓰러졌다. 나는 자리에서 일어나 고통에 발버둥 치는 그의 후두부를 촛대로 후려쳤다. 네다섯 번을 후려쳤을 즈음에 그는 더이상 움직이지 않았지만 나는 멈추지 않았다. 가증스럽고 또 가증스러워서 참을 수 없었다. 내가 때리는 사람은 상상으로 만들어 낸 이상적인 아버지가 아닌, 책임지기를 포기하고 달아난 현실 속의 아버지이며, 딸을 내버려 두고 남자와 노는 데만 정신이 팔린 어머니이며, 빈곤에 대한 울분을 손녀에게 쏟아내던 외할머니이자, 세균, 세균 놀려대며 나를 에워싼 동급생들이었다.

"미네기시 씨. 괜찮으십니까?"

나카소네의 목소리가 나를 현재로 되돌려 놓았다.

"네, 괜찮아요."

나는 기억에 뚜껑을 덮었다. 내가 잊어버리면 키미히로 씨는 자신을 희생해서 나를 지켜 주던 상냥한 남자인 채로 남는다.

나는 분명, 그 사람에게 사랑받고 있었다.

✳ ✢ ✳

"저 사람 아닙니까?"

와타베가 턱짓을 하는 방향을 보니 테이블에 위에 한 남자가 엎드려 있었다.

JR오지 역 바로 근처에 있는 패스트푸드점이다. 마침 모닝 메뉴 시간이 끝난 참이라 가게 안은 한산했다. 테이블에 엎드린 남자 주위에도 손님의 모습은 보이지 않았고, 몇 개 떨어진 자리에서 노인이 커피를 마시고 있을 뿐이었다.

"그런 것 같네."

나카소네는 와타베에게 고개를 끄덕이고 테이블을 향해 가까이 다가갔다.

손끝으로 툭툭 어깨를 찌르자 남자가 고단한 듯이 머리를 들었다. 확실하다. 이토 키미히로의 친구 모리오 마사토다.

"모리오 씨 되시죠?"

혹시나 하고 확인하자 모리오는 졸려 보이는 얼굴을 찌푸린 채로 고개를 끄덕였다.

"경시청 소속 나카소네입니다."

"와타베입니다."

모리오는 2인용 테이블을 붙여 4인용 테이블로 만들려 하는 와타베를 올려다보며 "전화하신 분······."하고 신음하듯 말했다. 모리오와 약속을 잡으려고 와타베를 시켜 전화했기 때문에 어젯밤 통화했던 상대라고 말하고 싶은 모양이다.

"죄송합니다. 저희 때문에 많이 기다리셨나 봅니다."

모리오의 맞은편에 앉으며 사과했지만 실제로는 약속 시각까지 아직 5분이 남아 있었다.

"아뇨. 완전 괜찮습니다. 알바 후에 일찍 도착했길래 자고 있었을 뿐이라······."

모리오는 잠에서 덜 깬 목소리를 내며 머리를 벅벅 긁었다.

"지금 무슨 일을 하고 계십니까?"

"노래방 점원입니다. 배우로는 좀처럼 먹고살기가 힘들어서요."

모리오는 크게 하품을 하고 손가락으로 눈가를 훔쳤다.

"그래서 하실 말씀이란 게? 물론 코요랑 유코 씨 얘기겠지만요."

"그렇습니다. 그 두 사람이 공통으로 알고 지낸 인물이 거의 없다 보니, 미네기시 유코가 한 진술의 사실관계 확인이 어렵습니다. 그래서 모리오 씨의 이야기를 꼭 듣고 싶었습니다."

"두 사람의 공통 지인이라고 하셨지만, 저는 유코 씨를 딱 한 번밖에 만난 적이 없어서요."

"네. 알고 있습니다. 그래서 모리오 씨께는 대체로 피해자인 이토 씨에 관해 여쭙고자 합니다."

"그렇다면야."하고 두 어깨를 으쓱하는 모리오는 어째서인지 자신이 없어 보였다.

"모리오 씨는 이토 씨와 같은 고등학교를 나오셨죠?"

"네. 그런데 고등학교 때 같은 반이 된 적이 있지만 자주 어울려 다니는 편은 아니었고, 같은 대학에 입학한 뒤 부터네요, 친해진 게."

"대학을 졸업하신 뒤로 벌써 5년 정도가 지난 것 같은데……."

"저는 중퇴지만요. 2학년 때 중퇴했습니다."

모리오가 씁쓸히 웃는다.

"제가 실례했습니다. 최근까지도 빈번하게 연락을 주고받으셨습니까?"

"아무래도 학생 때처럼 매일 서로의 집을 찾아가지는 못했지만, 가끔 만나서 서로의 근황을 묻기는 했습니다. 우리 극단이 공연할 때는 매회 보러 와 주기도 했고."

"그렇군요. 그럼 이토 씨의 여자관계에 대해서도 잘 알고 계십니까?"

"저는 그렇다고 생각했습니다. 그런데 그 녀석, 유코 씨를 모텔로 데리고 갔다죠?"

"데려갔다는 표현이 적절한지 어떤지는 모르겠지만, 두 사람이 모텔에 간 것은 틀림없는 사실입니다."

"그렇죠. 사실 저는 그걸 듣고 내가 코요를 얼마나 알고 있었나 하고 조금 자신이 없어졌습니다. 그 녀석을 잘 알고 있다고 자신했지만 실제로는 그 녀석의 일부분밖에 몰랐던 게 아닌가…… 하고."

"미네기시 유코와의 교제에 대해, 이토 씨에게 뭔가 들으신 건 없습니까?"

"전혀요. 교제 사실 자체를 몰랐습니다. 제가 들은 바로는 완전히 그 반대였거든요."

"반대라, 하심은? 자세히 들려주시겠습니까?"

"유코 씨가 영화를 보러 가자고 했는데 그걸 거절하려고 했거든요. 나나…… 아, 나나가 누구냐 하면—"

"저희도 알고 있습니다. 타시로 나나 씨 말씀이죠."

"네. 코요는 나나에게 영화를 보러 가자고 했고, 마침 같은 시기에 유코 씨에게도 함께 가자는 권유를 받았죠. 그게 우연히도 같은 영화였거든요. 그래서 어떻게 하면 좋겠냐고 전화로 고민을 털어놓길래 모르는 척하고 두 번 다 나가보라고 조언했죠. 둘 중 한 사람과 사귀는 것도 아니고, 코요 자신도 확실히 마음을 정한 게 아닌 것 같아서 본인의 감정을 확인하기 위해서라도 양쪽 다 만나 보러 가는 게 좋겠다고 생각했거든요. 그 녀석, 대학교 때부터 사귀던 여자에게 호되게 버려졌는데 그게 트라우마가 됐는지 2년씩이나 여친이 없었거든요. 둘 중 한 사람과 사귀면 좋겠지만 그게 안 되더라도 재활에 도움이 되겠구나 싶어서."

"저기, 이토 씨와 이전에 사귀었다는 여성분은 모리오 씨도 아는 분입니까?"

"네. 대학 동창이라 종종 함께 식사 자리를 가지기도 했거든요. 참 괜찮은 사람이라 생각했는데 코요가 시험공부에 힘쓰는 틈을 타 바람을 피웠어요."

"이토 씨는 그 사실을 어떻게 아셨죠?"

"알았다고 해야 하나, 알게 됐다고 해야 하나, 여자가 직접 고백했다더군요. 그래서 바람난 그 상대 남성과 사귀게 됐으니까 헤어져 달라고 했다던데요. 정말 믿을 수 없는 얘기라니까요."

새삼 분노가 되살아났는지 모리오가 허공을 노려본다.

"그 여성분과 대학 때부터 교제했다고 말씀하셨는데, 그 외에 이토 씨가 교제했던 여성을 알고 계십니까?"

"아뇨. 미즈호, 전 여친의 이름이 미즈호인데요, 그 여자가 코요에게는 처음으로 사귄 사람일 거예요."

"그 여성과 헤어진 후에도 다른 사람은 만나지 않았다?"

"쭉 그랬을 겁니다."

모리오는 힘주어 장담하더니 돌연 얼굴을 찌푸린다.

"그렇게 생각했는데 말이죠. 다만, 유코 씨를 모텔로 데려갔다는 말을 들은 뒤로는 장담하기가 조금 힘드네요."

"모리오 씨의 눈으로 보기에는 이토 씨가 여자를 대하는데 서투른 부분이 있었다, 이런 말씀입니까?"

"그럼요. 생각해 보세요, 고작 영화 가지고 보러 가야 하나, 말아야 하나 고민하는 놈이란 말이에요. 그래서 사건에 대해 전해 듣고 그 현장이 모텔이라는 걸 알게 돼서 '결국 유코 씨의 권유를 거절하지 못했나 보다.' 그렇게 생각했어요. 거절하려고 했지만, 상대가 억지로 밀어붙이는 바람에 영화만 본 게 아니라 어쩔 수 없이 유코 씨와 사귀게 됐나 하고요. 그런 게 아니면 여자랑 모텔에 갔다는 말을 도저히 믿을 수 없으니까요. 가령 몸을 못 가눌 정도로 취하더라도 그 녀석은 자기가 사귀지도 않는 여자를 모텔에 데려가진 않거든요. 적어도 제가 아는 코요는 그래요."

"모리오 씨가 아는 이토 씨는, 무척 성실한 인물이었군요."

"성실하다고나 할까, 융통성이 없다고 할까. 장점이자 결점이었다고 생각하지만 저는 그 녀석의 그런 점이 싫지만은 않았습니다."

감정이 복받치는지 모리오의 뺨이 부자연스럽게 떨린다.

그 순간, 이 남자는 믿어도 된다고 나카소네는 직감했다. 사실을 어디까지 파악하고 있는지는 몰라도 의도적으로 거짓을 진술하고 있는 것 같지는 않았다.

"조금 전에 이토 씨는 미네기시와 영화 보러 가는 것을 거절하려고 했었다고 말씀하셨죠. 그 부분을 조금 더 자세히 들려주시겠습니까?"

"코요가 맨 처음 고민을 털어놓았을 때 양쪽 다 만나 보러 가라는 조언을 했다고 조금 전에도 말씀드렸는데요, 당시에는 코요도 납득한 것처럼 보였습니다. 그래서 두 사람을 따로따로 만나 데이트하겠구나 하고 그렇게만 생각했는데, 며칠 뒤에 코요한테서 전화가 걸려 왔어요. 나나와 영화를 보고 오는 길인지 코요 그 녀석이 나나를 좋아하게 됐으니까 유코 씨와 한 영화 약속은 거절할 거라고 그러더라고요. 좋아하게 된 거지 사귀게 된 것도 아니고, 애초에 고작 영화 가지고 그럴 필요까지 있나 싶었지만 코요답다고도 생각했죠. 그 후에 어떻게 됐는지 궁금하기는 해도 저는 저대로 아르바이트며 연기 공부 때문에 정신이 없었거든요. 그렇게 지내는데 코요의 어머님께서 전화하셔서는, 코요가 죽었다고……. 솔직히 아직도 확 와닿지 않네요."

모리오는 금방 사건을 전해 들은 사람처럼 망연한 표정을 지었다.

나카소네와 와타베는 그 후에도 얼마간 이야기를 듣고, 패스트푸드점을 나왔다.

두 사람은 플랫폼으로 미끄러져 들어온 지하철에 올라타 긴 좌석에 나란히 앉았다.

한동안 수첩을 되 읽던 와타베가 천천히 고개를 들었다.

"역시, 미네기시가 거짓말을 하고 있다는 결론이 되네요. 두 사람은 교제하지 않았다."

모리오의 말을 믿기로 한 모양이다.

"확실히 그 남자가 거짓말을 하는 것처럼 보이진 않았어. 피해자와 함께 한 시간도 길고, 피해자의 됨됨이에 관한 증언은 신뢰할 만하다고 생각해. 하지만 모리오의 이야기를 믿는다고 하면, 이번에는 피해자가 한 행동의 정합성이 사라지는걸. 그 얘기는 어떻게 생각하나? 모리오가 말하길 피해자는 사귀지도 않는 여자와 모텔에 갈 만한 남자가 아니었다는데."

"그 얘기요."

와타베가 팔짱을 끼고 생각에 잠긴다.

"하지만 본래 거절할 생각이었던 영화 약속에 피해자가

나갔다는 말은, 그가 주위 사람에게 휘둘리기 쉬운 성격이었다는 뜻이겠죠."

"뭐, 그럴 수도 있고."

하고 싶은 말이 있지만, 우선은 후배의 생각을 들어보자며 하고 싶은 말을 삼킨다.

"대단히 성실한 성격이었다지만 눈앞에서 유혹하는 여성을 거절할 수 있는 남자는 많지 않을 겁니다. 하물며 거절할 생각이었던 약속을 거절하지 못하고 함께 영화를 봤거든요. 그렇게 조금씩 조금씩 상대의 의도대로 움직이다 모텔에 갔다고 해도 이상할 것은 없죠."

"과연, 그렇군. 그럼 미네기시의 목적은 뭐지. 어째서 피해자를 죽이고 있지도 않은 교제 사실을 꾸며냈을까?"

"일종의 마음의 병 아닐까요. 혼자만의 생각을 현실이라고 믿어버리는, 뭐 그런 거요."

"망상성 인격 장애인가."

그것은 아마도 옳다. 미네기시의 언동에서는 그런 경향이 적잖이 보인다.

미네기시는 사실 이토와 교제하지 않았다. 일방적으로 자신의 감정을 밀어붙였고 강압적인 태도로 영화관에 끌고 가서는 그대로 모텔까지 데려가 체크인을 했다. 모리오에게 들은 인물상을 적용하면 거기까지는 그럭저럭 아귀가 맞는다.

하지만, 그래도 딱 한 가지 위화감이 남는다.

"미네기시의 손목에 있던 멍은 어떻게 설명할 셈이지."

그렇다. 먼저 습격한 쪽은 이토였다. 모리오의 증언을 믿는다면, 이토는 타시로 나나 쪽으로 마음이 기울어 있었고, 미네기시와 한 약속은 거절할 생각이었다. 영화나 모텔은 거절하지 못해서 강요당한 거라고 치면, 그 손목의 멍은 어떻게 설명할 것인가. 미네기시는 부인했지만, 그 멍 자국만 보자면 먼저 습격한 사람은 이토 쪽이다. 그러나 모리오가 증언하는 인물상을 따르자면 이토는 여성에게 손을 댈 만한 남자가 아니다.

"그거요?"

와타베가 성가시다는 듯이 얼굴을 찌푸린다.

"나카소네 선배님을 의심해서 하는 말은 아닌데, 그 멍 자국, 정말로 이토가 습격했을 때 생긴 자국일까요?"

"뭐야, 아주 대놓고 의심하고 있으면서."

웃고 말았다.

"그런 의도로 말씀드린 게 아닌데."

겸연쩍은지 와타베가 코를 찡긋거린다.

와타베의 마음도 이해 못 하는 건 아니다. 미네기시의 왼쪽 손목에 생긴 멍이 사건과 관계가 없다고 한다면 와타베가 제시한 추리만으로도 대강 이치가 들어맞는다. 그러면 미네기시를 취조하며 하나하나 사실을 확인하고 진술 조서만 작성하면 이 사건에서 벗어나게 된다.

다시 생각에 잠긴 듯한 와타베에게 말했다.

"결론을 내기는 아직 일러. 다른 관계자의 이야기도 들어보는 게 어때."

＊ ✢ ＊

타시로 나나가 약속 장소로 지정한 곳은 도큐 덴엔토시선 미나미치다 역 근처에 있는 카페였다.

나카소네와 와타베는 지정된 시각 15분 전에 가게로 들어갔다. 생각보다 붐비는 곳이라 자리를 잡을 수 있을까 걱정했지만, 다행히도 나카소네 일행과 교대하듯 한 팀이 가게를 나갔다. 심지어 가장 구석진 자리였다. 저기라면 주위 손님들의 귀를 크게 의식하지 않아도 될 것 같았다.

타시로는 지정된 시각 2분 전에 가게에 나타났다. 약간 갈색빛이 도는 짧은 머리가 활발하다는 인상을 주었지만,

몸에 감도는 분위기가 왠지 모르게 무겁다.

두 명의 형사는 자리에서 일어나 그녀를 맞이했다.

"바쁘신 분을 여러 번 나오시게 해서 죄송합니다."

나카소네가 그렇게 말하자 힘없는 웃음이 돌아왔다.

"아뇨, 괜찮아요. 제가 아는 이야기는 전부 해드렸기 때문에 도움이 될 수 있을지는 모르겠네요."

나카소네 자신은 타시로와 첫 대면이지만 다른 수사관이 몇 번쯤 사정 청취를 했었다.

"앞서 대면하신 수사관과 질문이 중복될 수도 있겠지만, 부디 양해해 주시길 부탁드립니다."

점원이 주문을 받으러 왔기에 나카소네와 와타베는 커피, 타시로는 시나몬티를 주문했다.

"여기는 자주 오십니까?"

와타베가 그렇게 질문한 이유는 아마도 타시로가 메뉴판을 열어 보지도 않고 주문을 했기 때문이다.

"그런 편이죠. 학교에서 가깝고 가격도 싸니까요."

"오늘도 수업이 있으셨습니까?"

나카소네는 슬쩍 손목시계에 눈길을 준다.

오후 1시가 지난 시간이었다. 이후 예정이 있다고 하면 일찌감치 사정 청취를 끝내야 한다. 그러나 문득 깨달았다. 타시로가 가지고 있는 가방은 도시락 정도의 사이즈로. 도저히 교과서가 들어갈 것 같지는 않았다.

타시로는 고개를 가로저었다.

"그 후로 도저히 학교에 갈 마음이 들지 않아서 지금은 휴학 중이에요. 저희 집도 이 근처예요."

"그러셨군요. 그런 와중에 불러내게 되어 정말 죄송합니다."

"아뇨. 가끔은 바깥 공기도 마셔야지, 안 그러면 계속 우울하거든요."

간신히 미소 같은 표정을 지으며 타시로가 고개를 들었다.

"유코 언니, 미네기시 씨는 교도소에 몇 년 동안 있게 되나요?"

'미네기시'라는 이름을 말하는 순간만은 그녀의 눈동자가 증오로 강렬하게 빛나는 것 같았다.

"죄송합니다. 양형은 저희의 손길이 닿지 않는 범위입니다. 앞으로 그녀의 신병은 구속되어 검찰관의 취조를 거쳐 검찰관이 구형을 결정하게 됩니다. 그것도 어디까지나 이쪽의 희망일 뿐이지 말씀드린 대로 진행된다고 단정짓기는 어렵습니다. 재판관의 판단으로 구형보다 긴 징역이 되기도 하고 짧은 징역이 되기도 합니다."

실제로는 구형보다 무거운 판결이 내려지는 일은 거의 없지만.

"그렇군요."

타시로는 안타까운 마음을 꼭꼭 씹듯 입술을 일그러뜨린다.

"이토 씨와, 남겨진 분들의 원통함이 가능한 한 구형에 반영될 수 있게 전력을 다하겠습니다."

"꼭 부탁드리겠습니다."

깊숙이 고개를 숙여 인사하는 타시로의 몸짓에서 강한 분노와 원한이 전해졌다.

"몇 번이나 들으셨을 질문을 반복하게 되어서 죄송합니다만, 타시로 씨는 이토 씨와 교제하던 사이가 아니셨던 게 맞습니까?"

"네. 친한 친구 중 하나였죠."

타시로는 이쪽을 똑바로 응시하며 고개를 끄덕였다.

"이토 씨가, 이성으로서 접근한 적은요?"

"없어요. 코요 오빠는 성실하다고 해야 하나, 숫기가 없다고 해야 하나, 아무튼 꽤 숙맥 같은 면이 있었거든요."

"말꼬리를 잡는 것 같아서 좀 그렇습니다만, 말투만 보면 직접적인 구애는 없어도 이토 씨의 호감은 어느 정도 짐작하고 있었다, 그런 인상을 받았습니다."

타시로가 복잡한 표정을 짓는다.

"잘, 모르겠어요…… 짐작했다기보다, 지금 생각해 보면 제가 간절히 원했기 때문에 그렇게 느낀 것 같기도 해요."

"즉, 타시로 씨는 이토 씨에게 호의를 품고 있었다."

머뭇거리며 부끄러워하던 타시로가 이윽고 고개를 끄덕였다.

"네. 저는 코요 오빠를 좋아했어요. 그건 확실해요."

"이토 씨가 미네기시와 교제 중이었다는 사실은 알고 계셨습니까?"

"그거, 전에도 다른 형사분께 들었는데, 정말인가요?"

목소리에는 다소 공격적인 울림이 섞여 있었다.

"미네기시는 그렇게 진술했습니다."

"그 여자가 거짓말을 한 게 아닐까요?"

"그럴 가능성도 있습니다. 사실을 확인하려고 전력을 다해 수사하고 있습니다."

타시로의 흥분을 가라앉히기 위해 차분하게 받아넘기며 질문을 계속한다.

"이토 씨와 만난 것은 언제쯤입니까?"

"한 달 전쯤이요. 나카노의 이치라쿠이치엔이라는 가게에서."

"나카노에는 자주 가십니까?"

미나미치다에서 출발하면 전철로 약 1시간쯤인가. 시부야나 신주쿠로 가는 편이 훨씬 나을 텐데.

타시로는 고개를 가로저었다.

"어쩌다가요. 대학 친구가 근처에 살고 있거든요. 이치라쿠이치엔도 처음에는 그 친구가 데려가 준 곳이에요. 가게 분위기가 정말 좋아서 그 친구랑 나카노에서 만날 때는 항상 거기로 갔어요."

"말씀하신 이치라쿠이치엔이라는 가게에서 이토 씨가 먼저 말을 걸었다?"

"정확히는 가게 주인인 무로 아저씨가 소개해 주셨어요. 코요 오빠는 친구인 모리오 오빠랑 같이 왔었는데, 모리오 오빠가 무로 아저씨한테 물었거든요. 코요한테 여자 친구가 없는데 어디 괜찮은 애 없냐고."

"그래서 타시로 씨를 소개했다."

"나나가 최근에 남자 친구랑 헤어졌다고 하지 않았냐며, 이야기를 꺼내셨어요."

타시로의 발언에서 약간의 찜찜함을 느끼고 나카소네는
입술을 삐죽거렸다.

"드물지 않습니까. 그, 손님끼리 친해지는 거요."

"이치라쿠이치엔에서는 흔한가 보더라고요. 주인인 무
로 아저씨가 워낙 사람들하고 허물없이 지내는 분이시
라."

역시 어금니에 뭔가가 끼인 것처럼 찜찜한 표현 방식이
다.

"타시로 씨 본인은 이제껏 그 가게에 다니면서 다른 손
님과 친해지신 적이 있습니까?"

"그럼요. 같이 간 친구랑 이야기하는 도중에도 갑자기
무로 아저씨가 대화에 낀다거나, 초면이지만 옆자리에 앉
은 손님이 말을 걸기도 하는걸요. 그런 식으로 안면을 트
고 친해진 단골손님은 몇 명 있어요."

"그렇게 알게 된 단골손님과 연락을 주고받다가 가게
밖에서 만나기도 하십니까?"

"아뇨. 연락처까지 교환한 사람은 코요 오빠가 처음이
에요."

"그러니까 이토 씨가 타시로 씨에게는 상당히 매력적으
로 비쳤다, 이 말씀입니까?"

"네. 한눈에 반했어요."

타시로의 눈동자는, 기분 탓인지는 몰라도 젖어 있는 것처럼 보인다.

"가게 주인의 중개로 만난 당신과 이토 씨는 연락처를 교환하고 데이트 약속을 나누셨다죠."

"네. 데이트라도 한번 해보는 게 어떻겠냐고 제가 먼저 권했어요. 그랬더니 무로 아저씨랑 모리오 오빠가 이런 기회는 자주 오는 게 아니니까 밥이라도 한 번 먹고 오라고 코요 오빠한테 말해줬어요. 거절하기 힘든 상황을 만든 게 아닌가 싶어 미안했지만, 그 자리에서 연락처를 교환하고 식사 약속을 잡았어요."

"하지만 데이트라 해 놓고 처음에는 단둘이서 만나지는 않았다. 그건 어째서죠?"

"방금도 말씀드렸다시피 본인은 그럴 마음이 없는데 거절하기 힘든 분위기를 조성해서 강행하게 된 것 같았거든요. 미안한 마음에 처음에는 모리오 오빠에게 함께 가달라고 했어요. 모리오 오빠와 함께 코요 오빠의 직장에 갔더니 미네기시 씨와, 그리고 나카모토 씨라는 조금 나이가 있는 동료분도 계셔서 다섯 명이서 식사를 하게 됐어요."

"미네기시 유코와 처음 만난 때가 그때였군요."

"글쎄요, 첫 만남이라. 이전에도 이후에도 만남은 그때 한 번뿐입니다."

조금 울컥한 듯 타시로가 미간을 찌푸렸다.

"미네기시의 진술에 따르면 그 시점에서 이미 이토 씨와 교제 중이었다고 하던데, 두 사람의 모습을 보고 어떻게 느끼셨습니까?"

"전혀 그렇게 보이지는 않았어요. 모리오 오빠가 계속 코요 오빠에게 미네기시 씨도 괜찮지 않냐고 했지만, 코요 오빠는 조금 난처해 하는 것 같았거든요. 다만 미네기시 씨 쪽은 코요 오빠를 좋아하는구나 싶었지만요."

"그건, 어떤 이유에서?"

곤란한지 "으음." 하는 짧은 신음 소리가 끼어든다.

"이래서 그렇다고 할 만한 확실한 이유는 없지만요. 감이에요. 제가 남자를 소개해 주겠다고 했을 때 그녀가 보인 반응이나 눈의 움직임 같은 것을 보고 '아, 이 사람, 코요 오빠를 좋아하는구나.' 그렇게 느꼈거든요."

그렇게 말하고서 타시로는 곧장 이쪽을 쳐다봤다.

"그러고 보니, 모리오 오빠의 이야기도 들으셨나요. 그 두 사람이 진짜 교제 중이었는지 아닌지, 모리오 오빠라면 진실을 알고 있을 거예요."

"이미 오전 중에 만나고 왔습니다."

"뭐라고 했나요?"

타시로의 눈동자가 기대에 빛난다.

"자기가 아는 한, 이토 씨가 미네기시와 교제한 사실은 없다. 그렇게 말씀하셨습니다."

"거봐요."

타시로는 천 명의 아군을 얻은 듯 득의양양한 표정을 지었다.

"하지만 자기가 아는 한, 사귀지도 않는 여자를 모텔로 꾀어낼 만한 남자도 아니다. 그렇게도 말씀하셨죠. 그래서 자신이 이토를 얼마나 알고 있었는지 지금은 확신하지 못하겠다고요."

"저는 그렇게 생각 안 해요."

타시로는 불만스럽다는 듯 입술을 일그러뜨리며 다음 제안을 했다.

"그럼 나카모토 씨에게 물어보세요. 코요 오빠 말로는 그분을 상당히 의지했다니까 미네기시 씨와 어떤 관계였는지에 대해서도 알고 계실 거예요."

"이후 이야기를 들으러 갈 예정이었습니다."

그렇게 말하자 타시로는 조금 안심한 듯 보였다.

타시로와 헤어지고 역 쪽으로 걷기 시작했다.

나카소네는 그대로 개찰구를 통과하려는 와타베의 어깨를 붙잡아 세웠다.

뒤돌아보는 와타베에게 눈짓으로 발매기 쪽을 가리킨다.

"충전하시게요?"

아무 대답 없이 발매기 앞까지 와타베를 끌고 간 나카소네는 왔던 길을 되돌아본다. 이미 타시로 나나의 모습은 보이지 않았다.

"타시로 나나, 경제학부라고 했지?"

"대학이요? 그럴 겁니다."

"지금부터 제국여대로 간다."

"네?"

와타베의 눈이 놀라움에 휘둥그레졌다.

❖ ❖ ❖

두 번째 취조를 받고 일주일 후, 나카소네와 와타베 콤비가 또다시 내 앞에 나타났다.

"이거야 원 죄송해서, 꽤 오랜만에 찾아뵙습니다."

나카소네는 내 맞은편 의자를 당기자마자 그렇게 말하며 온 얼굴을 주름투성이로 만들었다.

"몇 가지 확인하고 싶은 사항이 있어서 바깥을 돌아다니며 이야기를 들었거든요. 모리오 씨도 만나고 왔습니다."

"그러셨군요."

나는 눈을 가늘게 뜨며 시선을 떨구어 죄책감을 표현한다.

"모리오 씨는 당신과 이토 씨의 교제에 대해 전혀 들은 바가 없으신 것 같더군요. 자기가 아는 이토는 대체 뭐였나 하고 침울해하시는 눈치였습니다."

"키미히로 씨는 수줍음이 많은 사람이었으니까 설령 절친이라 해도 그런 이야기를 주절주절 떠들어대는 것은 망설여졌을 거예요. 혹시 모리오 씨를 다시 만날 기회가 생기면, 모리오 씨를 못 믿어서 그런 게 아니라고 전해 주시겠어요?"

"알겠습니다."

나카소네는 고개를 끄덕였다.

"다만, 아무래도 신경이 쓰여서요. 절친인 모리오 씨뿐만 아니라 주위 사람 모두가 당신들의 교제 사실을 모른다는 게 너무 부자연스럽지 않습니까. 비밀 연애라는 사정도 있겠지만, 그래도 휴대폰으로 문자 한 통 주고받은 이력이 없다는 게 아무래도 기묘해서요."

"그 사람은 문자를 싫어했거든요. 그리고 직장이 같으니까 굳이 남몰래 문자를 주고받지 않아도 매일 얼굴을 볼 수 있었으니까요."

"그렇게 말씀하시지만, 이토 씨는 타시로 나나 씨와 매일 문자를 주고받으신 것 같던데요."

나카소네가 의아하다는 듯 고개를 갸웃거렸다.

"그러니까 더 용서가 안 됐죠. 나한테는 문자 하는 게 싫다더니, 그 여자하고는 빈번하게 메시지를 주고받았다. 둘이 주고받은 메시지를 본 순간 화가 치밀어 올라 저 자신을 통제할 수 없었어요."

입술을 떨며 목구멍에 힘을 준다. 신기하게도 눈물을 쥐어 짜내면 슬픈 기분이 들면서 점점 내가 말한 것이 사실처럼 느껴졌다.

"실은 타시로 씨도 만나 이야기를 듣고 왔습니다."

"……그러셨군요."

나는 무심코 미간을 찌푸렸다. 마음 같아서는 모든 감

정을 제어하고 싶지만 내 뜻대로 되지 않을 때도 있었다. 도둑고양이 같은 그녀의 얼굴을 떠올릴 때는 특히나 그렇다.

"이토 씨가 타시로 씨를 어떻게 처음 만났는지는, 알고 계십니까?"

"들었어요. 나카노의 선술집에서 모리오 씨가 작업을 걸었다고."

"맞습니다. 그 자리에서 연락처를 교환하고 후일 식사 자리를 가지기로 했다. 그 자리에는 당신도 참석하셨으니 알고 계시겠죠."

"네."

"그때 타시로 씨의 인상은 어땠습니까?"

"밝고 그 나잇대다운 여자애구나 생각했죠."

"이토 씨 본인의 의사가 아니었다고는 하나 이토 씨의 연인 후보로 헌팅 당한 여성입니다. 게다가 그녀는 젊고 매력적이죠. 남몰래 이토 씨와 교제 중이었던 당신은 상당히 불안했을 텐데, 아닙니까?"

"키미히로 씨가 스스로 말을 걸어서 그렇게 된 게 아니고, 나나가 매력적인 것은 저도 인정하지만 그래도 딱히 신경 쓰이지는 않았습니다. 그녀도 정말로 키미히로 씨를 남자로 의식했다면 처음부터 키미히로 씨와 단둘이서 만났겠죠."

"그렇습니다."

나카소네는 집게손가락을 세웠다.

"타시로 씨는 이토 씨를 만난 순간 한눈에 반했다고 말씀하셨습니다. 그런데 첫 데이트에서는 이토 씨의 친구인 모리오 씨를 부른 데다 이토 씨의 직장 동료인 당신과 나카모토 씨까지 불러내, 여럿이서 식사 자리를 갖게 됐습니다. 마치 타시로 씨가 둘만의 만남을 경계하는 것처럼 보이지 않습니까?"

"실제로 경계했던 게 아닐까요. 상대는 정체 모를 남자이기도 하고."

"그럴지도 모르지만, 왠지 마음에 걸렸습니다. 타시로 씨는 이치라쿠이치엔의 단골이었는데 다른 단골손님과 스스럼없이 대화하는 일은 있어도 연락처를 교환하거나 가게 밖에서 만난 적은 없었다더군요. 이치라쿠이치엔에 가서 점장님의 이야기도 들었는데, 타시로 씨를 마음에 들어 한 단골손님이 몇몇 있어서 실제로 타시로 씨에게 데이트 신청을 한 적도 있지만 전부 그녀가 완곡하게 거절했다고 하셨습니다. 그런 만큼 타시로 씨 쪽에서 이토 씨에게 데이트 신청을 했을 때는 놀라셨다더군요. 그래요. 데이트를 신청한 쪽은 타시로 씨입니다. 그런데도 경계해서 첫 데이트에 다른 사람을 불러내다니, 이상하지 않습니까? 이상함을 넘어서서 실례라는 생각조차 드는데요."

"글쎄요. 첫인상이 좋다지만 상대 남성이 어떤 사람인지 잘 모르니까 경계한다, 그다지 이상한 행동 같지는 않은데요."

"희한한데요."

나카소네가 테이블 위에서 손을 포갠다.

"뭐가 말이죠?"

"당신에게 있어 타시로 씨는 사랑하는 남자를 빼앗은 가증스러운 상대죠. 그런데 지금 당신은 타시로 씨의 입장이 되어서 그녀의 증언을 보강하듯이 말씀하고 계십니다."

아차 하고 숨을 삼켰다.

동요를 눈치채지 못하도록 호흡을 고른다.

눈앞에 있는 주름투성이의 얼굴로부터 어떤 감정도 읽을 수 없다. 태어나서 처음으로 웃는 얼굴이 몹시 두렵게 느껴졌다.

"이 사건과 관련해서 잠시 저의 상상을 들려드려도 괜

찰겠습니까?"

나카소네가 포개진 손을 서로 비비며 나의 양해를 기다리지 않고 이야기를 시작했다.

"처음 사건 보고를 받고 모텔 방범 카메라에 남은 영상을 보았을 때는 무척 단순한 사건이라고 생각했습니다. 카메라에는 피해자인 이토 씨와 사이좋게 체크인하는 여성의 모습과 그 여성이 혼자서 모텔을 떠나는 모습이 똑똑히 찍혀 있었거든요. 영상도 선명했고, 문손잡이와 흉기로 짐작되는 놋쇠 촛대에도 지문이 확실하게 남아 있었고요. 실제로 당신이 범인이라는 결론에 금세 도달했습니다. 당신도 순순히 범행을 인정했고 그래서 '역시 간단한 사건이었다, 이로써 한 건 끝냈구나.' 하며 한때는 이 녀석과 축배를 들었을 정도죠."

나카소네는 그렇게 말하고서 등 뒤에서 키보드를 두드리는 와타베를 턱짓으로 가리켰다.

"그런데 당신의 진술에는 부분 부분 이상한 구석이 있더군요. 예를 들어, 주위 사람들은 아무도 모르고, 휴대폰 문자 이력 등을 봐도 전혀 그런 관계로 보이지는 않는데 당신은 이토 씨와 교제 중이었다고 주장하는 점."

"그야 진짜니까—"

나도 모르게 욱하고 화를 내려던 찰나에 나카소네가 손바닥을 내게 향했다.

"미네기시 씨의 변명은 나중에 천천히 들을 테니 지금은 저에게 말할 기회를 주시죠."

어디서 떼다 붙인 것 같은 부자연스러운 미소였다.

"당신의 왼쪽 손목에 난 멍도 그렇습니다. 그건 틀림없이 누군가와 다퉜을 때 생긴 것입니다. 일상생활에서 그런 멍이 생길 수는 없죠. 누군가가 세게 압박했을 겁니다. 여기서 말하는 누구는 이토 씨 외에는 생각할 수 없고요. 당신은 모텔방 안에서 이토 씨가 바람을 피운 증거를 발견하고 추궁하던 끝에 감정적으로 변해 흉기를 들게 되었다고 했지만, 사실은 그게 아니겠죠. 이토 씨 쪽에서 먼저 당신에게 폭력을 휘두르려고 했다. 눈에 보이는 멍은 왼쪽 손목에만 남아 있나 봅니다만, 실제로는 목을 졸렸던 게 아닌가 싶습니다. 목을 졸린다고 해서 반드시 멍이 남는다고 할 수는 없거든요. 목을 졸린 당신은 얼른 근처에 있던 놋쇠 촛대에 손을 뻗어 그를 내리쳤다. 그 전에 어떤 대화가 오갔는지까지는 모르겠습니다만, 이토 씨의 폭력은 당신에게 엄청난 배신이었다. 순간 이성을 잃은 당신은 자신을 제어할 수 없었다. 정신을 차리고 보니 이토 씨는 절멍한 상태였고 당신은 피바다 속에 있었다."

"아닙니다."

아니. 결단코 아니야. 그 사람은 나를 죽이려고 하지 않았어. 나는 그 사람에게 사랑받고 있었어.

나카소네가 웃는 얼굴로 손을 흔들었다.

"맞느냐 아니냐를 확인하려는 게 아닙니다. 가령 제 상상이 맞았다 해도 증거가 없어요. 증명하기 위해서는 당신의 자백을 끌어내야 합니다. 아마도 그건 힘들겠죠. 애초에 제 추리가 맞았다고 치고, 거기다 제 추리대로 당신이 자백한다고 치면, 지금보다 양형이 가벼워질 우려가 있습니다. 괜히 피의자를 돕는 짓 하지 말고 얼른 조서를 작성하라며 위에서는 한소리 할 겁니다. 그러니까 당신의 의견을 듣자는 게 아닙니다. 그저 이야기를 들어 달라는 거죠. 그렇기는 하지만, 제 이야기가 지루해서 더는 못 들어주겠다고 하신다면 여기서 끝내겠습니다. 어떤가요. 제 이야기가 지루합니까."

내가 입을 앙다물자 나카소네는 "그럼 조금만 더 어울려 주시죠."라고 말하며 얼굴을 주름투성이로 만들었다.

"저한테는 의문이었습니다. 당신이 이토 씨와 교제 중이었던 것처럼 보이고 싶어 하는 이유가 뭘까. 이토 씨가 습격한 사실을 숨기려고 한 이유가 뭘까. 특히 후자는 양형에 영향을 주는 중대한 요소입니다. 당신의 접견 교통권을 침해할 수는 없으니 깊게 파고들지는 않겠습니다. 하지만 아마도 당신의 변호인은 이토 씨에게 습격당했다고 하자, 그리고 그때 놋쇠 촛대를 손에 넣어 때리게 되었다고 진술하자는 제안을 했을 겁니다. 상황을 객관화하면 완전히 말도 안 되는 주장은 아니죠. 저희는 살인죄 기소를 노리고 있지만, 당신이 이토 씨에게 습격을 당했다고 진술하면 정당방위를 주장할 가능성이 생깁니다. 변호사에게 설명을 들으셨겠지만, 살인과 정당방위에 의한 상해치사는 구형도 크게 달라집니다."

알고 있다. 국선 변호사 쪽이 거의 일방적으로 떠들어대는 식이었지만, 당시 정당방위로 밀고 나가지 않겠냐는 제안을 받았다. 나는 그 자리에서 거부했다. 그 사람은 날 습격하지 않았다. 내가 일방적으로, 그 사람의 머리를 촛대로 내리친 것이다.

"대답 안 하셔도 됩니다. 저 혼자만의 상상이니까요."라며 대답을 거절하고, 나카소네가 이야기를 계속했다.

"아무튼, 당신이 자기 자신을 불리한 입장에 내몰면서까지 고집스럽게 거짓말을 하는 이유가 무엇인가, 저는 그 점이 이해되지 않았습니다. 그래서 조금 더 당신을 알고 싶다는 생각에 관계자분들의 이야기를 듣고 왔습니다. 그러자 이번에는 타시로 씨의 증언에 의문을 가지게 되었습니다. 이토 씨와의 첫 만남도 그렇고 가까워지는 경위가 부자연스럽지 않나 하고."

"온통 거짓말쟁이뿐이라 힘드시겠어요."

내가 빈정거리듯이 웃자 태평한 미소가 되돌아왔다.

"아뇨, 뭘요. 제 일이잖습니까. 인간은 자신을 지키기 위해 많든 적든 거짓말을 하며 살아가기 마련입니다. 경험상 아무리 성실하고 솔직해 보이는 인간도 100% 진실을 이야기하는 경우는 적습니다. 다만, 이야기하는 본인은 자신이 성실하게 진실을 이야기하고 있다고 믿는 경우가 많습니다. 편견이나 선입견 때문에 만사가 일그러져 보이는 것은 그리 드문 일이 아니고, 진실이 너무 가혹한 나머지 무의식적으로 기억을 바꿔버리는 일도 있으니까요. 잘 만들어졌다고 해야 할지, 골칫덩어리라 해야 할지, 이거 참, 인간의 신체란 정말 신기하단 말이죠."

어쩐지 사람을 타이르는 듯한 말투가 신경에 거슬려, 나는 무표정하게 말했다.

"지루하네요. 이야기는 이제 그만 듣고 싶습니다."

그러나 나카소네는 나의 말을 무시하며 말했다.

"당신은 알고 계셨던 거죠? 타시로 나나 씨가, 당신이 은행원이던 시절에 교제했던 후지사와 코우지 씨의 딸이라는 걸."

보통내기는 아니라고 생각했지만 역시 그것까지 알아냈나.

그러나 이제부터가 진짜 시작이다.

나는 시선에서 체온을 지워 내며 은밀히 마음을 다잡았다.

❖ ❖ ❖

"어, 저기 괜찮으시면 두 분도 같이…… 어떠냐고 하는데요."

사무소에 돌아온 키미히로 씨가 어쩔 줄 몰라 하며 등 뒤를 힐끔힐끔 돌아보았다.

유리창 너머 도로에는 남녀 한 쌍이 싱글벙글대며 이쪽을 살피고 있었다. 남자 쪽은 키미히로 씨나 나와 같은 또래 정도의 나이로 짧은 수염이 다보록하게 나 있고, 여자 쪽은 꽤 어려 보였다.

"그래도 돼? 우리까지 가려니까 미안한데."

나카모토가 힐끔 견제하듯이 나를 봤다.

종잡을 수 없는 분위기를 풍기는 이 나카모토라는 남자가 나는 어쩐지 거북하다. 표정 없는 눈빛이 아무 생각이 없어 보이는 것 같기도, 모든 것을 꿰뚫어 보고 있는 것 같기도 하다. 하지만 키미히로 씨가 가장 존경하는 선배라 피할 수도 없다.

"두 분께서 귀찮아하시면, 어쩔 수 없고요."

키미히로 씨는 안색을 살피듯이 눈을 치켜뜨고서 나와 나카모토를 번갈아 봤다.

"귀찮을 리가요. 꼭 데려가 주세요."

"그럼 나도 가볼까."

역시 나카모토도 오는구나. 나는 내심 한숨이 나왔지만 키미히로 씨는 기뻐하는 것 같았다.

"아, 다행이다. 이후 7시에 합류하기로 했으니까 그때까지 준비 부탁드릴게요."

키미히로 씨는 소장실 쪽을 신경 쓰며 창밖을 향해 손가락으로 동그라미를 만들었다. 그것을 본 남자는 만족스러운 표정으로 고개를 끄덕이고, 여자는 저쪽에서 시간을 때우자는 듯 역 쪽을 가리킨다. 무사시코스기 역 주변에는 복합 상업 시설이 여러 개 있으니 그 주위를 돌아다니며 구경할 생각이겠지.

"참고로 저 친구들은 이토 군과 어떤 관계야?"

시야에서 사라져가는 남녀를 눈으로 좇으며 나카모토가 물었다.

"친구예요."

"친구라고? 꽤 예쁘게 생긴 아가씨던데."

나카모토가 의미심장한 눈빛으로 곁눈질하자 키미히로 씨는 고개를 가로저었다.

"그냥 친구예요."

"정말이야? 저 아이, 이토 군을 볼 때 눈이 꽤 반짝이던데."

"아녜요⋯⋯ 애초에 저한테는 좀 너무 어려서."

나는 역시 그럴 줄 알았다며 서서히 번져 나오는 기쁨에 잠겼다. 어린 여자가 싫다는 지금의 발언은 키미히로 씨보다 한 살 연상인 나에게 하는 간접적인 사랑의 고백이다.

하지만 풍취를 모르는 나카모토는 "그런가?"하고 말하며 납득이 가지 않는다는 듯 고개를 갸웃거린다.

"그 아가씨가 몇 살이길래?"

"대학교 3학년이라고 한 것 같은데, 아마 스물한 살이나 그쯤일 거예요."

"이토 군이 몇 살이었더라."

"스물여덟이요."

"일곱 살 차이면 충분히 가능성 있네."

멍청한 놈. 문제는 나이 차이가 아니라고. 키미히로 씨한테는 이미 나라는 여자가 있단 말이야. 사내 연애라서 공공연히 관계를 밝힐 수는 없지만, 우리는 우리만이 아는 방법으로 서로의 사랑을 확인하고 있다. 내가 저지른 업무 실수를, 키미히로 씨가 만회해 주는 것이다.

그건 그렇고……

나는 키미히로 씨의 친구들이 걸어간 방향을 내다봤다.

그 여자, 어디서 본 것 같은 얼굴인데.

키미히로 씨의 업무가 끝나질 않아 오후 7시를 15분 정도 넘겨 버렸지만, 우리 세 사람은 함께 사무소를 나왔다. 가게에는 나카모토가 예약 전화를 해두어서 두 사람은 먼저 들어가 기다리고 있다고 했다.

가게로 들어가 우리 쪽으로 다가온 점원에게 나카모토가 예약했다는 말을 전한다.

그러나 안내받을 필요도 없이 키미히로 씨의 친구가 자

리에서 일어났다.

"여기야, 여기."

왼손으로 손짓을 하며 오른손에 든 맥주잔을 입에 댄다.

"어이가 없네. 왜 벌써 주문한 거야."

그렇게 말하며 테이블 쪽으로 다가가는 키미히로 씨의 등이 무척 기뻐 보여서 내 마음도 흐뭇해진다.

"언제까지 기다려야 되는지 모르니까 그렇지."

"조금 늦을 거라고 문자 보냈잖아."

"그 조금이 얼마나 조금인지 내가 어떻게 알아."

"조금이 조금이지. 5분이나 기껏해야 10분 정도."

"벌써 15분 지났는데?"

대화만 들어도 두 사람이 허물없는 관계임이 느껴진다.

곁에서 웃고 있던 어린 여자가 고개를 들었다.

"제가 기다리는 게 좋겠다고 했는데 '코요가 오기 전에 다 마시면 모르니까 괜찮아.'라며 모리오 오빠가."

"설마하니 잔을 들자마자 올 줄은 몰랐으니까. 조금만 더 일하지."

모리오라고 불린 남자가 겸연쩍은 듯이 뒤통수를 긁었다.

"처음 뵙겠습니다. 이토 군의 동료인 나카모토라고 합

니다. 나이 많은 아저씨가 끼어들어서 방해되는 건 아닌지 모르겠네요."

방해다, 라고 생각한 사람은 나뿐인 듯하다.

모리오가 웃는 얼굴로 나카모토에게 의자를 권한다.

"대환영이죠. 사람이 많을수록 더 즐겁잖습니까."

"저는 미네기시—"

나도 자기소개를 하려고 했다.

"유코 씨죠."

모리오는 말을 하고 나서야 말실수였음을 깨달은 듯 자신의 입에 손을 가져다 댔다. 실수를 얼버무리려고 말이 빨라진다.

"코요에게 이야기 많이 들었습니다. 잘 부탁드립니다."

"무, 무슨 말이야. 모리오."

키미히로 씨가 허둥대며 모리오를 나무랐다. 그러고는 내 쪽을 보며 변명한다.

"죄송합니다. 특별히 이상한 이야기를 한 건 아니고—"

"네가 그렇게 말하니까 괜히 더 이상해 보이잖아."

모리오의 지적에 키미히로 씨가 횡설수설했다.

"아니. 그게 아니라, 그냥 동료로서 늘 도움을 받는다거나, 뭐 그런 사소한 이야기를 말이죠……."

"코요 오빠. 빨개진 것 같지 않아요?"

아직 이름을 모르는 여자 쪽이 놀리듯이 말했다.

"안 빨간데."

나는 완전히 빨개진 키미히로 씨를 지금 당장 이 자리에서 끌어안고 싶어졌다. 보아하니 키미히로 씨는 우리의 관계를 친구에게 모조리 다 이야기하고 있었던 모양이었다.

"전 타시로 나나예요. 잘 부탁드립니다."

여자가 일어나 고개를 까닥이며 가볍게 인사한다.

분명 처음 듣는 이름이다. 하지만 어째서일까. 역시 어디선가 본 것 같다는 생각이 자꾸만 든다.

나카모토의 건배에 모든 것은 처음으로 돌아갔다.

모리오는 키미히로 씨와 고등학교 동창생이지만, 타시로는 3일 전에 선술집에서 막 알게 된 사이라고 한다. 애인이 없는 키미히로 씨에게 소개해 줄 목적이었다는 이야기를 들었을 때는 쓸데없는 짓을 했다며 모리오를 싫어하게 될 뻔했지만, 결국은 키미히로 씨가 유혹에 지지 않으면 그만이다. 키미히로 씨도 자기 기준에는 그녀가 너무 어리다고 하지 않았던가. 그것은 나에게만 보낸 메시지가 틀림없다.

3시간 정도 먹고 마신 후에 술자리는 끝이 났다.

역을 향해 밤거리를 걷고 있자니 어느새 내 옆에 타시로가 나란히 서 있었다.

"오늘 참 재미있었죠."

알코올로 뺨을 발그레 물들이고 만면에 웃음을 띤 그녀는 풋풋한 섹시함이 넘쳐흘러, 여자인 내가 봐도 조금 두근거릴 정도였다. 이 표정을 키미히로 씨도 봤을까 하고 주위를 둘러보니, 남자들은 수 미터 뒤에 한데 뭉쳐 털레털레 걷고 있었다. 나는 내심 안도하며 타시로에게 미소로 답했다.

"응. 즐거웠어. 우리까지 끼워 줘서 고마워."

"고맙기는요. 저야말로 갑자기 불러냈는데도 나와 주셔서 정말 감사해요. 오늘 저, 유코 언니를 보러 온 거나 다름없는걸요."

입발림 소리를 잘하는 계집이구나 하고 그 당시 나는 쓴 웃음을 지었다. 설마 그 발언에, 어떤 의미로 그 여자의 본심이 숨어 있었을 거라고 그 시점에서는 생각지도 못했다.

타시로가 친한 척을 하며 어깨에 손을 올렸다.

"어, 거짓말 같아요? 진짜예요. 코요 오빠가 푹 빠졌다

는 사람이 어떤 사람인지 이 눈으로 확인해야겠다고 생각
했거든요. 듣던 대로 근사한 분이라 놀랐어요."

나는 튕겨 나가듯이 뒤돌아봤다. 우리는 서로의 사랑을
행동으로만 확인하고 있는 줄 알았는데, 설마 직접 말로
도 표현해 주고 있었다니. 진정되어 가던 취기가 다시 돌
아온 것처럼 단숨에 얼굴이 뜨거워진다.

그 순간, 타시로가 씩 웃으며 한쪽 입꼬리를 올렸다. 당
시에는 대수롭지 않게 생각했지만 지금 다시 생각해 보니
아주 심술 맞은, 꼴 보기 싫은 표정이다. 그 계집의 더러
운 성질이 응축된 그 표정을 보고 본성을 꿰뚫어 봤어야
했다.

"유코 언니가 좋아한다는 사람, 코요 오빠죠?"

"그, 그게……."

좋아한다는 말로 평범하게 표현하고 싶지 않다. 키미히
로 씨는 나에게 구세주다. 내가 어떤 사람이든 간에 이 사
람은 나를 용서해 주고, 받아들여 주고, 행복으로 이끌어
줄 것이다. 수많은 테스트를 통과해 온 그는 이 시점에서
나의 인생에 불가결한 존재가 되어 있었다.

"저 응원할게요."

타시로는 그렇게 말하고서 두 주먹을 불끈 쥐며 파이팅

포즈를 취했다.

"나나……."

나는 타시로를 위협으로 느끼고 상황에 따라서는 배제해야 할 위험 요소로 생각한 것을 반성했다. 어떻게 이용하느냐에 따라 이 계집에게서 큰 이용 가치를 발견할 수 있을지도 모른다.

"두 사람 잘 어울리는걸요. 힘내세요."

"고마워."

나는 곧장 나를 바라보는 순진무구한 눈빛에, 자애가 가득한 미소로 답했다. 그때, 등 뒤에서 모리오가 말을 걸어왔다.

"둘이서 무슨 얘기해?"

모리오는 완전히 취했는지 술 냄새가 풍기는 입김을 신명 나게 흩뿌려댔다.

"비밀."

타시로는 공범자의 미소를 내게 보였다.

❖ ❖ ❖

"후지사와 코우지 씨는 알고 계시죠."

나카소네의 말에 의식이 현재로 되돌아왔다.

"네. 그럼요."

"타시로 나나 씨는 후지사와 코우지 씨의 따님입니다. 현재는 아버님 곁을 떠나 이모님 댁에 거주하며 대학에 다닌다더군요."

"그렇습니까."

애써 놀란 표정을 지어 보이지는 않았다. 나카소네는 모든 사실을 간파했다. 그러나 내가 인정하지 않으면 사실은 입증할 수 없다. 그리고 나는 절대 인정하지 않을 것이다.

"타시로라는 성은 돌아가신 어머님의 예전 성이었나 보더군요. 어머니를 죽음으로 내몬 아버지를, 여간해서는 용서할 수 없었겠죠. 물론 아버지의 불륜 상대였던 여자, 즉 당신도 똑같이 증오하고 있을 겁니다."

"만약 제 정체를 알아차렸다면 그렇겠죠. 그녀는 저를 증오할지도 몰라요."

"그녀는 눈치채고 있었다. 아니, 처음부터 당신이 아버지의 옛 불륜 상대임을 알고서 일부러 당신에게 접근했다. 이것이 저의 상상입니다. 앞선 말씀드린 바와 같이 옳은지 그른지를 판단하실 필요는 없습니다."

나카소네는 투명한 문으로 반론을 차단하듯 나를 향해

내민 오른손 손바닥을 옆으로 휙 미끄러뜨렸다.

❉ ❉ ❉

3주도 훨씬 지난 어느 날 밤.

도큐 무사시코스기 역의 자동개찰구 쪽으로 향하며 가방에서 IC카드를 꺼내려고 하던 그때, "유코 언니."하고 등 뒤에서 누군가가 말을 걸었다.

뒤돌아보니 타시로 나나가 눈을 반짝반짝 빛내고 있었다. 맨 처음 이 근처에 있는 이탈리안 식당에서 술자리를 가진 이래 두 번째 만남이었다. 관심 없는 상대의 얼굴은 잘 기억하지 못하는 내가 금세 그녀를 알아본 까닭은, 역시 그녀에게서 과거에 사랑했던 사람의 모습을 보았기 때문일까.

"웬일이야. 이런 데서 보네."

그녀가 어디에서 살고 있는지는 잊어버렸지만, 이 근처가 아니라는 것은 확실했다.

"언니가 어쩌고 있나 궁금해서요."

정말이지 성격 나쁜 계집이다. 이런 식으로 농담인 척 말하지만, 나중에 다시 생각해 보면 그것이 나를 비아냥

대는 것이었음을 깨달을 만한 표현을 빈번하게 사용했다.

"무슨 소리니."

당시의 나는 농담이라 해석하고 웃었다.

"혹시 키미히로 씨 보러 왔어? 오늘은 벌써 퇴근했는데."

그녀 앞에서 '키미히로 씨'라고 부른 것은 처음이었지만 그녀는 그것에 아무런 반응도 보이지 않았다.

그녀가 빙그레 웃으며 말한다.

"오늘은 다른 일로요. 언니랑 이야기가 하고 싶어서."

"나랑?"

내가 자신을 가리키자 타시로는 고개를 위아래로 흔들었다.

"코요 오빠랑 진전이 있나 해서 작전 회의하러 왔죠."

생판 남의 연애인데 이토록 열심인 것을 보고 어이없다고 생각하면서도 그녀의 진의를 의심하지는 않았다.

우리는 역과 직결된 복합 상업 시설의 최상층에 있는 식당가로 향했다. 어디로 갈지 망설여졌지만 타시로가 오래 기다리기 싫어하는 것 같아서 제일 한가한 파스타 가게에 들어갔다.

점원에게 주문한 후, 타시로는 나에게 투명 마이크를 가져다 댔다.

"그래서 최근에는 어떻습니까. 그 사람과의 사이."

"사이…… 라니. 그냥, 보통."

외출해야 할 일이 있으면 일부러 늦게 돌아와 내가 돌아오기를 기다려 준 키미히로 씨와 둘만의 시간을 가진다. 원래는 내가 돌아올 때까지 기다려 줄 필요가 없는데도 항상 기다려 주는 것은 그 사람 나름의 애정 표현이리라.

"보통이 뭐죠? 이제 사귀나요?"

"아니야. 그런 게 아니라……."

그렇게 곧장 세속적인 표현은 쓰지 말아 주었으면. 나와 키미히로 씨는 사귄다, 아니다와 같이 단순한 말로 표현할 수 있는 관계가 아니다. 지금은 한창 영혼의 결속을 확인하는 중이다.

"데이트 신청은요?"

고개를 숙이는 나의 반응을 보고 대충 짐작한 듯하다. 타시로가 빙그레 웃으며 테이블 위에 종잇조각을 내려놓았다. 살펴보니 그것은 영화 예매권이었다. 두 장이다.

"뭐야?"

"보면 알잖아요. 영화 티켓. 줄 테니까 둘이서 다녀와요."

나는 테이블 위에 놓인 예매권과 타시로 사이에 시선을 왕복시켰다.

타시로가 싱긋이 웃었다.

"모리오 오빠한테 들었어요. 코요 오빠, 실은 영화를 엄청 좋아하는데 최근에는 바빠서 극장에 좀처럼 가질 못한다고. 모리오 오빠한테 코요 오빠가 좋아할 만한 장르가 뭔지 들었으니까 이 영화도 코요 오빠 취향에 딱 맞을 거예요. 과감하게 권해 봐요."

"……그래도 될까?"

나는 떨리는 목소리로 물으며 이 여자가 노리는 바가 무엇인지를 생각했다. 이런 행동을, 그것도 아무도 보지 않는 곳에서 한다고 한들 아무것도 얻는 게 없을 텐데. 설마 진심으로 단순히 나를 응원하고 싶다는 마음에서 움직였나. 그런 생각까지 하고 만 나는 참으로 어리숙한 여자였다.

"그럼요. 오늘은 그러려고 온 거예요."

"고마워."

주뼛거리며 예매권을 집어 드는 내게 타시로는 만면의 미소로 대답했다.

"응원하겠다고 했잖아요. 파이팅!"

그 계집의 능청스러운 대사가 고막 안에서 되살아나, 나는 무의식중에 어금니를 꽉 깨물었다.

나카소네가 이야기를 계속한다.

"당신이 이토 씨와 교제했던 것처럼 보이고 싶은 이유는 그의 의중에 있는 여자가 후지사와 코우지 씨의 딸이었기 때문이다. 타시로 씨는 당신이 연모하는 이토 씨를, 당신의 마음을 알면서도 빼앗으려고 했다. 그것은 과거에 자신의 가정으로부터 아버지를 빼앗고 어머니를 자살로 몰아넣은 것에 대한 복수였다. 당신은 그 사실을 용서할 수 없었다."

"지루해서 더는 듣고 싶지 않다고 말씀드렸을 텐데요."

내 말은 들리지도 않는다는 듯, 나카소네가 내 쪽으로 몸을 쑥 내밀었다.

"어떤 느낌이죠. 프라이드를 상처 입혀서 용서할 수 없었다? 분명히 불륜은 같이 저질렀는데 무슨 이유에서인지 당신만 퇴직을 강요당해서 후지사와 씨를 원망하고 있었습니까? 그런데도 후지사와 씨의 딸이 당신 앞에 나타나, 당신에게서 이토 씨를 빼앗으려고 해서 용서할 수 없었다?"

나카소네는 사냥감을 몰아넣는 사냥개 같은 눈빛으로 변해 있었다.

보아하니 타시로는 그 예매권을 나에게 선물하고 키미히로 씨에게 영화를 보러 가자고 말하라며 부추겼다는 사실은 말하지 않았다. 이것은 나에게도 유리한 상황이다. 내가 그 계집의 계략대로 그 사람을 영화관으로 불러냈다니, 결단코 인정할 수 없다.

나에게 영화 예매권을 선물해 놓고, 실제로는 그녀도 키미히로 씨를 영화관으로 불러냈다. 주고받은 메시지만 봐서는 키미히로 씨가 불러낸 것처럼 보이지만 그것은 타시로의 작전에 불과하다. 교묘한 복선을 깔아 밑 작업을 해놓고 키미히로 씨가 영화를 보러 가자고 하게끔 조종한 것이다.

키미히로 씨를 죽인 후, 나는 키미히로 씨의 지문을 센서에 갖다 대서 휴대폰의 잠금을 해제하고 그녀와 주고받은 메시지를 빠짐없이 확인했다. 그전까지 본 키미히로 씨의 언동을 통해 짐작은 했었고 각오도 되어 있다고 생각했지만, 그래도 피가 끓어오르고 시야가 급속히 좁아졌다. 그녀는 처음부터 키미히로 씨에게 꼬리를 치고 있었다. 처음 만난 날, 돌아오는 길에 나에게 응원한다고 해놓고서 키미히로 씨에게는 다음번에는 둘이서 놀자는 내용의 메시지를 보냈고, 내게 영화 예매권을 건넨 다음 날에는 '대학교 친구가 그러는데 지금 영화관에서 상영하는 이 미국 애니메이션이 재미있대요.'라는 내용의 메시지를 보냈다. 마치 나를 상대로 키미히로 씨를 걸고 승패를 가리려 하는 것 같았다.

타시로 나나가 예전 상사였던 후지사와 코우지의 딸임을 알아차린 것은 키미히로 씨를 죽이기 조금 전의 일이었다.

그러고 보니 당시 중학생인 딸이 있다고 그 사람에게 들었던 적이 있다. 후지사와의 처는 마음의 병을 앓고 스스로 목숨을 끊었는데, 그 일에 대한 복수였나. 나에게서 사랑하는 사람을 빼앗음으로써 자신이 받았던 고통을 똑같이 주겠다는 말인가.

적반하장도 유분수지. 후지사와의 처가 자살한 것은 나 때문이 아니다. 나는 그 여자에게 '죽어달라'고 부탁한 적이 한 번도 없으니까. 나는 밤이면 밤마다 그의 집에 전화를 걸어 '헤어져 달라'고 간원했다. 그가 나를 얼마나 사랑하는지, 내가 그를 얼마나 필요로 하고 있는지, 그가 침대

위에서 나를 얼마나 사랑해 주었는지를 끝도 없이 편지에 적어 몇 통이고 투함했다. 그러나 그 여자는 헤어지지 않고 죽음을 택했다. 결국, 그런 식으로 사랑하는 남편의 경력에 흠집을 내고 말았으니 그 여자가 사랑한 사람은 코우지 씨가 아니다. 자기 자신이다. 사랑받지 못하는 자신을 지나치게 가여워하다가 스스로 죽음을 택하는 어리석은 짓을 저질렀다. 그러니까 나를 원망하는 것은 번지수가 틀렸다. 무엇보다 나는 그 한 번의 일로 상사에게 퇴직을 강요받고 인생이 엉망진창이 되었으니까.

그 가족은 역귀다. 부모도 모자라 딸까지 내 인생을 가로막고서 행복을 빼앗으려 한다.

나는 불합리한 괴롭힘에 무릎 꿇을 수는 없다.

키미히로 씨는 나를 사랑하고 있었다. 나에 대한 증오 따위 없었다. 살의 따위 없었다. 나를 사랑한 채로 죽었다. 그편이 키미히로 씨에게도 행복일 터. 그녀가 키미히로 씨에게 접근한 이유는 키미히로 씨를 사랑해서가 아니다. 그 여자에게는 나에 대한 복수심밖에 없었다.

나는 무표정하게 나카소네의 둥그스름한 코를 응시했다. 감정을 드러내면 패배다. 나카소네는 그것을 기대하고 있다.

"딱 하나, 저로서는 상상조차 할 수 없는 것이, 어째서 이토 씨가 당신을 살해하려고 했는가, 입니다. 그 외에 이해가 가지 않는 진술은 타시로 씨가 과거 당신의 교제 상대였던 후지사와 코우지 씨의 딸임을 당신이 알아버렸다는 사실로 어떻게든 설명이 됩니다. 그러나 이토 씨의 행동에는 아무리 생각해도 납득이 가지 않는 부분이 많습니다. 이토 씨는 어떤 경우에도 여성에게 폭력을 휘두르지 않는 남자라고 친구인 모리오 씨도 증언하셨습니다. 대체 모텔에서 무슨 일이 있었던 겁니까."

"제 생각도 그래요. 키미히로 씨는 여성에게 폭력을 휘두를 만한 사람이 아니죠. 형사님의 추리는 전부 틀렸어요."

나카소네의 눈동자에서 표정이 사라진다.

진위를 가리는 듯한 침묵이 얼마간 계속되더니 느닷없이 나카소네가 환하게 웃었다.

"전부 제 상상일 뿐입니다. 실제로 어떠했는가는 별 관심 없습니다. 늙은 아저씨의 허튼 이야기에 함께해달라고 해서 미안합니다."

그렇게 말하고서 고개를 숙이는 나카소네는, 그럼에도 무언가 답을 찾은 것 같은 분위기였다.

"대체 왜!"

모텔에 데려온 목적이 이것이었냐며, 나는 슬픔에 잠겼다. 그와 동시에 실망감이 점점 커졌다. 이렇게 성급한 행동을 저지르다니, 내가 생각한 만큼 현명한 인간이 아니었는지도 모른다.

도겐자카 어느 모텔의 딱딱한 침대 위에서 키미히로 씨는 내 몸 위에 걸터앉았다. 그러나 그의 양손은, 내 옷을 벗기려고 움직이는 것이 아니다. 내 목을 조르고 있다.

마침내 만났다며 기대했는데 내 생각이 틀렸나. 이 사람은, 나를 지켜 줄 존재가 아니었어?

나는 필사적으로 발버둥 치며 그의 충혈된 눈을 마주했다.

그의 눈동자에는 광기나 증오도 보였지만, 그와 동시에 망설임이나 후회도 서려 있었다. 온갖 감정이 서로 대립하고 있지만, 이미 행동 개시한 이상은 완수하는 수밖에 없다며 있는 힘껏 자기 자신을 끊임없이 질타하고 있다. 그 때문인지 나를 구속하는 힘이 약했다. 나는 그의 팔에서 슬쩍 빠져나와 벽 쪽으로 피했다.

"왜 이런 짓을 하죠."

그는 대답하지 않았다. 아무 말 없이 나에게 다가왔다.

나는 손을 펴고 그에게 향했다.

"잠깐. 아, 알겠다. 야자키 미츠구 씨 상속건. 제 실수였다고 소장님한테 잘 말할게요. 그러면 당신이 배상할 필요도 없어지고 어쩌면 직장 복귀 조처까지 받을 수 있을 거예요."

"어찌 되든 상관없습니다."

그는 나의 손을 뿌리치고 나를 밀어 넘어뜨렸다. 지금까지는 전력이 아니었음을 확실히 알게 해줄 정도로, 강한 힘이었다.

나의 목에, 그의 엄지손가락이 파고든다. 이윽고 의식이 몽롱해지기 시작한다.

그러나 문득 목을 죄던 힘이 느슨해지더니 폐에 공기가 흘러들어 왔다.

거꾸로 뒤집힌 나의 시야에는 놋쇠로 만든 촛대가 비치고 있었다.

※ ✢ ※

나카소네가 진술 조서를 소리 내어 읽고 있었다. 내 뜻에 부합하는 내용이자, 나와 키미히로 씨의 사랑을 증명하는 것이다.

나와 키미히로 씨는 비밀리에 교제하고 있었다. 범행 당일은 영화를 보러 갔다가 그 후에 모텔로 향했다. 키미히로 씨가 화장실 안에 있는 사이 그의 휴대폰에 타시로 나나의 메시지가 도착한다. 나는 깊이 사랑했던 만큼 마음속 깊이 질투했다. 바람을 의심한 나는 키미히로 씨에게 타시로 나나와 주고받은 메시지를 전부 보여 달라고 요구한다. 주고받은 메시지를 본 나는 점점 더 의심이 깊어진다. 그의 변명에 귀 기울이지 않고 곁에 있던 놋쇠 촛대로 그의 두부를 내리쳤다. 취조 단계에서 형사로부터 키미히로 씨가 바람을 피운 게 아니라는 사실을 듣게 되지만 때는 늦었다. 나는 깊은 후회에 시달리며 형을 치르기로 한다.

"뭐, 이런 느낌으로 썼습니다. 틀림없습니까?"

나카소네는 납득할 수 없다는 말투였지만 나의 진술을 채용하는 현명함만큼은 가지고 있었다. 이 이상 진실을 파헤쳐 봐야 경찰은 무엇 하나 얻을 수 없다.

"틀림없습니다."

나는 만족스러워하며 고개를 끄덕였다.

실망스러워하는 한숨은 이것이 진실이 아님을 알고 있는 나카소네의 최소한의 저항이었다.

"그럼 여기에 지장을 부탁드려도 되겠습니까."

탁탁. 책상 위에서 가지런히 정리된 서류가 이쪽을 향해 미끄러져 들어왔다.

"어이, 와타베. 인주."

"네."

와타베가 자리에서 일어나 인주를 가져온다.

나는 인주에 꾹 누른 엄지손가락을 날인란 위에 가볍게 굴렸다.

미련은 있겠지만 이로써 나카소네의 일은 끝이다. 나카소네가 후 한숨을 길게 내뱉음과 동시에 분위기가 이완됐다. 대단히 열심이었다고는 하나 그에게는 이것이 일이다. 이 이상 추궁할 생각은 없을 것이다.

나의 승리다. 그 생각이 표정에 스며 나오고 만 것일까.

"어째서, 웃고 계십니까?"

나카소네의 지적을 받고서야 처음으로 내가 웃고 있다는 사실을 깨달았다.

"아뇨. 아무것도 아닙니다."

그렇게 대답하면서도 나는 표정을 고치지 못해 여전히 옅은 웃음을 띤 채였다. 이로써 나의 진술을 토대로 공판이 진행되고 판결이 내려지게 된다. 판결문에, 재판관은 어떤 문언을 담아낼까. 자기중심적인 동기? 과도한 폭행? 어느 쪽이든 사건 발생 당시 나와 키미히로 씨가 교제 중인 연인 사이였다는 전제하에 재판을 받게 된다. 공식 문서가 나와 키미히로 씨의 관계를 증명해 주는 것이다.

그가 나의 목을 조르던 그때, 죽음의 순간에, 그가 왜 힘을 뺐는지 그 후로 줄곧 생각했었다.

사랑, 결국 그것 말고는 생각할 수가 없다. 왼쪽 손목에 남은 멍도 그렇다. 원래라면 비슷한 멍이 내 목에 남아도 이상하지 않다. 손목을 누른 힘보다 목을 조른 힘이 약했기 때문에 그렇게 되지 않은 것이다. 의도적이었는지 아닌지는 몰라도, 그는 나를 죽이지 못했다.

그 사람 안에 남은 나를 향한 애정이 증오를 능가했기 때문이다.

| 제3장 |

길게 이어지던 발신음이 끊기고 경계의 빛을 띤 남성의 목소리가 들렸다.

"여보세요……?"

뱃속까지 울리는 나지막한 목소리를 듣자, 어쩐지 면도 한 후에 느껴지는 까끌까끌한 턱의 감촉과 면도 크림의 향이 떠올랐다. 마지막으로 아빠와 뺨을 비볐던 때라고 해 봐야 초등학교 저학년 때였을 텐데.

나는 이모네 부부 집에 마련된 나의 방에 있었다. 어머니가 돌아가신 후 줄곧 신세를 지고 있는 이모네 집 단칸 방에서, 침대를 등받이 삼아 무릎을 감싸고 카펫 위에 동그랗게 앉아 있었다.

일요일 정오가 조금 지났을 무렵이었다. 창문에서 쏟아

지는 빛이 카펫에 양지를 만들고, 바깥에서는 이웃 아이들의 뛰어노는 소리가 들려온다.

"여보세요. 아빠."

내 목소리를 듣고 숨을 헉 들이켜는 기척이 전화기에서 느껴졌다.

"나나니?"

"오랜만이지."

"그래, 오랜만이구나. 어, 어떻게 된 거니. 모르는 번호로 전화가 와서 받아야 하나 망설였단다."

"휴대폰 바꿨어."

그것도 벌써 2년 전 일이지만.

"그래. 그래서 전화해도 네가 받질 않았구나."

아빠는 새로운 번호를 가르쳐 주지 않은 것에 조금 낙담한 듯 보였다.

"잘 지내니."

"응. 그렇지 뭐."

"밥은 잘 먹고 다니고?"

"밥은 매일 유미코 이모가 만들어 주니까. 아빠야말로 잘 챙겨 먹어?"

"어? 그럼…… 외식이, 잦지만."

거의 외식이겠구나, 싶었다. 아빠는 직접 밥을 해 먹는 습관이 없다.

동시에 밥을 만들어 줄 여자가 없다는 사실도 떠올렸다.

어색한 침묵이 흐른다.

"있잖아." 하고 내가 먼저 침묵을 깼다.

"그래."

"잡혔네, 그 사람."

아빠는 아무 말도 못 했지만 내가 하고 싶은 말은 전해졌다고 생각했다. 그 사건은 TV 버라이어티 쇼 등에서도 거론되었으니 보도를 봐서 알 것이다. 내가 관련되어 있다는 사실은 함께 사는 이모네 가족에게도 말하지 않았고, 물론 아빠도 그 사실을 알 리가 없다.

또다시 침묵이 찾아온다.

이번에는 아빠가 침묵을 깼다.

"어떠냐. 학교는."

갑작스럽게 느껴지기도 하는 화제 전환에서 그 여자를 거론하고 싶지 않다는 아빠의 의도가 전해진다.

"재미있어."

"그러니."

"혹시 말이야." 나는 묻고 싶었던 말을 꺼냈다.

"혹시 아빠, 정말로 아무 일 없었던 거야? 그 여자랑."

대답을 듣는 게 두려웠다. 만약 아빠가 불륜이 아니었다고 한다면, 코요 오빠와 마찬가지로 그 여자의 거짓말에 휘둘렸을 뿐이라고 한다면, 이제까지 계속된 부모와 자식 간의 단절은 뭐지. 엄마의 죽음은 뭐가 되고.

아빠는 한 번 길게 한숨을 내뱉었다.

"계속 그렇게 말했잖아. 아빠는 가족에게 부끄러울 만한 짓은 무엇 하나 한 적이 없다고."

그랬다. 그 여자가 아무리 괴롭혀도, 엄마가 반쯤 미쳐 날뛰며 비난해도, 아빠는 바람을 피웠다고 인정한 적이 단 한 번도 없었다. 여자 쪽에서 그렇게 말하니까 틀림없다. 아니 땐 굴뚝에서 연기가 나겠냐. 이 마당에 이르러서 인정을 못 하다니 구질구질한 남자라며 엄마와 내가 멋대로 화를 내고 멋대로 환멸 해왔을 뿐이다. 아빠는 늘 의연하게 대응해 왔다. 그 태도조차 이상하다고 의심하면 대체 아빠가 어떤 식으로 행동해야 결백을 증명할 수 있었다는 말인지.

"나나야, 왜 그래."

걱정스러워하는 아빠의 목소리에 나는 자신이 울고 있다는 사실을 깨달았다. 눈물이 멈추지 않아 목소리가 안 나온다.

"무슨 힘든 일이라도 있었니? 괜찮아?"

아냐. 그게 아니야. 힘든 일은 나한테 있었던 게 아니야. 힘들었던 사람은, 사실을 말하는데도 아무도 믿어 주지 않았던 아빠잖아. 절대적인 아군이어야 할 가족에게 믿음을 얻지 못하고 가족이 붕괴하여가는 모습을 지켜볼수밖에 없던 나날들은, 틀림없이 미쳐버릴 만큼 괴로웠을 것이다.

"미안해."

가까스로 말을 쥐어 짜냈다.

"그게 무슨 말이야."

아빠는 웃고 있었다.

"지금까지 못 믿어 줘서, 미안."

"아빠는 괜찮아. 적어도 너는, 살아있으니까."

거실에 있을 이모 부부에게 들리지 않도록, 나는 손으로 입을 막고 오열했다.

✳ ✜ ✳

"미네기시, 씨."

"이름은?"

"유코."

"미네기시 유코구나."

그 이름을 듣고 설마 했다. 설마 그 미네기시 유코겠어. 엄마를 자살로 내몬 그년.

나는 친구인 마호의 이야기에 웃는 얼굴로 맞장구를 치면서도 의식은 L자형 카운터 대각선 방향에 앉은 두 사람의 이야기에 집중되어 있었다.

한 사람은 다박수염에 경박한 느낌, 다른 한 사람은 퇴근길의 회사원 스타일로 양복 차림을 하고 있었다. 두 사람 다 20대 후반쯤일까. 마침 미네기시와 비슷한 나잇대다.

"그래서 말이야, 테니스부의 요시다라는 애가 완전 자기만 아는 놈인 거야. 전에 얘기한 의학부의 이시다라는 남자애 있잖아. 걔랑 누가 더 글러 먹었나 얘기가 나올 정도라니까 뻔하지 뭐—"

마호는 친구의 친구의 남자친구 이야기를 계속하고 있었다. 그런 것보다, 저 두 사람의 대화 내용이 궁금해서 못 견딜 지경이다.

"혹시 이 사람 아냐?"

다박수염 남자가 검색 끝에 뭔가를 발견했는지, 회사원 느낌의 남자가 옆에서 기웃대고 있었다.

설마, 그걸 찾았나.

"미인이네. 얼굴 사진 다른 건 없나."

다박수염 남자가 흥미진진하다는 듯이 화면을 응시하고 있다.

"보아하니 유코 씨는 소설을 좋아하나 봐. 토우노 게이고라는 작가의 책 표지 사진을 올려놨어."

역시 그랬어.

그렇다면 미네기시 유코는 내가 아는 그 미네기시 유코가 확실한가 보네.

토우노가 아니라 히가시노지만, 히가시노 게이고. 보아하니 당신, 소설은 전혀 안 읽나 보네. 나는 속으로 다박머리 남자에게 핀잔을 주며 그들의 이야기에 귀를 기울였다.

"이러면 안 될 거 같은데."

"안 되긴 뭐가. 비공개로 설정해서 친구만 볼 수 있게도 할 수 있잖아—"

맞아. 뺄 필요 없어. 계속 봐 줘.

그러라고 미네기시 유코를 사칭해서 계정을 만들었으니까.

나는 엄마를 자살로 내몬 미네기시 유코라는 여자에게 복수할 생각이었다. 그러나 미네기시는 근무처인 은행을 그만둬서 행방을 알 수 없는 상태다. 그래서 나는 정보를 수집하기 위해 미네기시를 사칭해 계정을 만들기로 했다. 프로필 사진은 아빠의 카메라에 남아 있던 홈 파티 때의 사진에서 불필요한 부분을 잘라 냈고, 이름은 한자로 어떻게 되는지 몰랐기 때문에 알파벳으로 등록했다.

우선은 코마에 은행 시절 아빠의 부하로 우리 집을 방문한 적이 있는 예전 부하들에게 닥치는 대로 친구 신청을 보냈다. 다섯 명이 승낙해 주었지만, 이 다섯 명은 코마에 은행에 재직 중이니 은행을 그만둔 후 미네기시가 어떤 발자취를 남겼는지 파악하고 있지는 않을 것이다. 그래서 프로필 란에 '절 아시는 분은 부담 없이 친추 주세요.'라는 말을 더해 정보를 기다리기로 했다. 몇 개월에 한 번씩 내가 갔던 곳이나 먹었던 음식 사진 등을 올려 완전한 방치 상태처럼 보이지 않게끔 꾸몄지만, 기대한 만큼 정보가 들어오지 않아 성과는 제로였다. 차츰차츰 헛수고 같다는 생각이 부풀기 시작하던 그때였다. 생각해 보면, 그런 위험한 여자에게 친한 친구 같은 게 있을 리 없다. 가령 그 여자를 아는 사람이 계정을 발견한다고 해도 보통은 엮이

기 싫어할 것이다. 슬프지만 복수에 타오르던 나의 증오
심도 시간이 지남에 따라 점점 옅어졌다. 그러다가, 그만
계정을 닫을까 하던 타이밍에 운명적인 만남이 찾아온 것
이다.

"어때요. 무로 아저씨. 어디 이 녀석한테 딱 맞는 괜찮
은 사람 없어요?"

다박수염 남자가 점장인 무로 아저씨에게 말을 걸고 있
다. 보아하니 회사원 느낌의 남자에게 여자를 소개해 주
고 싶어 하는 눈치다.

있지, 있어, 이런 남자. 본인이 적극적으로 원하는 거면
몰라도, 회사원 느낌의 남자 쪽은 그다지 내키지 않는 것
같은데. 다박수염 남자 입장에서야 선의일지는 몰라도 완
전히 쓸데없는 참견이지. 애초에 미네기시 유코 같은 여
자랑 맺어 주려고 하다니, 친구를 지옥으로 떨어뜨리는
짓이나 다름없는데 말이야.

그런 생각을 하며 귀를 기울이고 있는데 무로 아저씨가
이쪽을 봤다.

"그러고 보니 나나가 최근에 남친이랑 헤어졌다고 한
거 같은데."

갑작스러운 이야기에 순간 굳고 말았다.

하지만 바로 정신을 차리고 웃어 보였다.

"아이참, 무로 아저씨. 그런 걸 큰소리로 말씀하시면 어떡해요."

꿈만 같다. 여기서 미네기시 유코의 이름을 들은 것도 그런데, 미네기시 유코의 지인으로 보이는 남자와 가까워질 기회까지 아무런 노력 없이 굴러 들어오다니.

"어, 미안. 듣자 하니 저쪽에 있는 청년이 애인 모집 중이라길래 나나한테 소개해 주자 싶어서."

"정말요?"

나는 그때 처음으로 두 사람을 거리낌 없이 관찰할 기회를 얻었다.

첫인상은 '애매하다'였다. 잘생긴 것도 아니고, 그렇다고 못생긴 것도 아니다. 깔끔하고 성실해 보이기는 하지만, 선량함은 대체로 성적 매력으로 이어지지 않는다. 옆에 있는 전 에그자일맨 같은 다박수염 쪽이 그나마 매력적인가. 굳이 고르자면 소거법으로 그렇다는 거지만.

그러나 사치스러운 말을 하고 있을 수는 없다. 미네기시 유코에 대한 복수를 위해서라도 천재일우의 이 기회를 놓칠 수는 없다.

"아뇨. 딱히 그런 건 아니고—"

모처럼 여자를 소개해 주겠다는데 그걸 거절하다니, 이렇게 분위기 파악 못 하는 남자를 에그자일맨은 뭐 하러 돌보는 거람.

나는 그런 생각을 하며 말하는 도중에 끼어들었다.

"좋아요."

가게 안의 모든 시선이 내게 집중된다. 특히 옆에 앉은 마호가 많이 놀란 모양이다. 이 가게에서 알게 된 손님에게 데이트 신청을 받은 적은 있지만, 지금껏 전부 거절해 왔다. 그런 네가 어째서 저런 변변찮은 남자랑? 뭐, 이런 생각이라도 하는 거겠지.

"지금, 뭐라고……?"

에그자일맨이 되묻는다.

"좋아요. 데이트해 볼까요."

마침내 찾았다. 그 여자에게로 이어지는 실마리를.

나는 진심으로 웃을 수 있었다.

❉ ❖ ❉

회사원 느낌의 변변찮은 남자는 이토 키미히로라는 이름이었다. 친구인 전 에그자일 멤버 같은 모리오 오빠가 코요로 부른다기에 나 역시 코요 오빠라고 부르기로 했다.

그날 중에 문자를 주고받을 수 있게 연락처를 교환했지만 코요 오빠는 제대로 가게를 찾아보지도 않은 데다 예약도 하지 않았는지 '7시에는 사무소에서 나갈 것 같으니까 시부야 부근에서 집합합시다.'라는 무뚝뚝한 메시지를 보내 왔다. 과연, 이러니까 여자를 못 만나지.

하지만 명확하게 약속 장소를 지정하지 않은 것은 나에게도 좋은 기회라 할 수 있었다. 나는 모리오 오빠를 불러내서 "코요 오빠 사무소까지 마중 나가서 놀라게 해요."라고 제안했다. 분위기 파악이 빠른 모리오 오빠는 "오, 좋아."하고 흔쾌히 응했다. 절친인 모리오 오빠도 코요 오빠의 직장을 방문해본 적이 없었던 모양이지만, 코요 오빠의 근무처 이름은 기억하고 있었다. 스마일 법무사무소라는 법무사법인이라고 했다. 코요 오빠는 그곳에서 근무하며 법무사를 목표로 시험공부 중이라고 했다. 의외로 노력가구나, 하고 조금 다시 봤다.

휴대폰으로 주소를 검색해서 스마일 법무사무소를 방문하니 사무소 유리 너머로 코요 오빠의 모습이 보였다. 그 옆에는 그 여자의 모습도 있었다.

틀림없이 내가 찾고 있던 바로 그 미네기시 유코였다.

내가 코요 오빠의 사무소에 깜짝 방문하자고 제안했던 진짜 목적은 코요 오빠를 위한 깜짝 이벤트 따위가 아니었다. 그녀가 진짜로 코요 오빠와 함께 근무하는지를 확인하기 위해서였다.

모리오 오빠를 불러낸 이유는 코요 오빠의 직장을 알아내고 직장을 방문하더라도 부자연스럽게 보이지 않도록 위장을 하기 위해서였지만, 한 가지 더, 예상외로 큰 역할을 다해 주었다. 사람은 많을수록 즐겁다며 그 여자도 식사 자리에 불러내 준 것이다.

그리고 함께 식사를 해보고, 더 큰 발견이 있었다.

그녀는, 코요 오빠를 좋아하는 듯했다. 낌새를 보아하니 나카모토라는 아저씨는 알아차린 것 같은데, 그 외의 남자들은 정말이지 둔하기 짝이 없다. 저렇게 대놓고 하트 광선을 뿅뿅 쏘아대는데.

나는 남자들의 둔감함이 답답하기도 하고 그녀의 두꺼운 낯짝 때문에 속이 부글부글 끓었다. 내 가족을 엉망진창으로 만들고 엄마를 죽음에 이르게 한 저 악마 같은 여자가 태연하게 사랑에 빠진 소녀를 연기하고 있었다. 그 후로 6년 이상이 지났다. 그 사이 이 여자는 얼마나 많은 사랑을 해온 걸까. 분명 그 수보다 몇 배나 많은 불행한 인간을 탄생시켰겠지.

나는 계획 하나를 생각해냈다. 단순한 복수는 시시하다. 타인의 것을 빼앗는 것이 생의 보람이나 다름없는 이 여자에게서, 우선은 내가 빼앗아 주자. 이 여자가 타인의 고통을 이해하리라 기대할 수는 없다. 그러나 늘 자신이 해 왔던 짓을 자신이 당하면 그 굴욕감에 어떤 식으로 표정이 일그러질지 기대가 된다. 그러기 위해서는 우선, 코요 오빠를 진심으로 좋아하게 만들어야 한다.

나는 역으로 향하는 길에 그 여자 옆에 나란히 서서 말을 걸었다.

"유코 언니가 좋아한다는 사람, 코요 오빠죠?"

"그, 그게……."

부끄러워하는 모습을 보고 있자니 가슴속에서는 분노가 소용돌이쳤다.

그러나 절대 표정으로는 드러내지 않았다.

마지막에 떨어뜨릴 거면 되도록 높은 곳에서 떨어뜨리는 편이 충격이 크겠지.

"저 응원할게요."

"나나……."

"두 사람 잘 어울리는걸요. 힘내세요."

웃는 얼굴로 파이팅 포즈를 취하며, 나는 내 안의 암흑을 들여다본 기분이었다. 나는 자신이 생각했던 것만큼 선량한 인간이 아니다. 어쩌면 내가 하는 짓은 복수라는 대의명분을 내세우고 있을 뿐, 저 여자와 별반 차이가 없는 행동은 아닐까.

아니, 절대로 그렇지 않다. 저 여자를 이대로 방임하면 제2, 제3의 엄마가 만들어지게 된다. 반드시 벌해야만 한다.

하지만 과연 나에게 그럴 권리가 있을까…….

다양한 감정의 색이 소용돌이치다 마침내 새까만 색으로 물들었다. 눈을 감든 뜨든 온통 암흑뿐이라면 눈을 감은 채로 나아가면 그만이다.

나는 자신을 타이르며 미네기시 유코 명의의 계정에 오늘 있었던 술자리의 사진을 올렸다.

카르파초 사진에 '사랑하는 사람과 식사'라는 코멘트를 더했다.

응? 이 코멘트는 누가 하는 말이지.

단순히 그 여자가 할 만한 말을 내가 대신한 걸까.

아니면, 내 진심……?

모르겠다. 나로서는 나를, 이해할 수가 없다.

※ ✢ ✢

술자리 다음 날부터 나는 코요 오빠와 하루에 서너 번
정도 문자를 주고받게 됐다.

"또 코요 오빠야?"

식당에서 점심을 먹고 있는데 마호가 히죽히죽 웃으며
휴대폰을 들여다보려 했다.

"어떻게 알았어?"

나는 깜짝 놀라며 왼손에 들고 있던 휴대폰에서 시선을
옮겼다. 마호는 테이블을 사이에 두고 맞은편에 앉아 있
어서 내 휴대폰 화면을 보았을 리 없었다.

"그야 즐거워 보이니까."

"내가 그랬나."

"그렇다니까. 인중이 이렇게 쭉 늘어나서는 말이야."

마호가 자신의 윗입술을 잡고 아래로 끌어내리는 시늉
을 했다.

이렇게 문자를 주고받는 횟수가 점점 늘고 있다. 처음
에는 변변찮은 놈이라고 생각했던 코요 오빠지만, 가까이

지내는 사이에 좋은 점이 보이기 시작했다. 아무튼지 간에 착하다. 배려를 잘 한다. 사람의 가치관을 부정하지 않는다. 어라? 그러다 문득 깨닫는다. 혹시 이 사람, 우리 아빠랑 닮지 않았나. 그렇다면 최악이다. 코요 오빠도 미적지근한 태도에 발목을 잡혀서 이 여자 저 여자 끝도 없이 관계를 가지다 정작 소중한 사람은 상처 입히게 될지도 모른다. 그런 남자를 진심으로 좋아하게 되어서는 안 된다. 애초에 나에게 코요 오빠는 복수의 도구다. 복수가 끝나면 이 관계도 끝이다. 잠깐. 그럼, 진짜 최악인 사람은 나? 나는 죄책감과 자기 혐오에 뚜껑을 덮고 코요 오빠와 계속해서 러브러브한 메시지를 주고받았다. 이윽고 화제가 영화에 이르자 '어쩌면 이쯤에서 데이트 신청을 받을 수도 있겠구나.' 하는 분위기가 무르익기 시작했다.

　—바빠서 극장에 안 간 지 꽤 됐는데 요즘 하는 영화 중에 재미있는 거 없어?

　그런 내용의 메시지가 도착하자 나는 눈을 반짝였다. 여기서 내가 구체적인 영화 제목을 들면 틀림없이 그 영화를 보러 가자고 권할 것이다. 나는 대학 친구들에게 지금 상영하는 영화 중에서 재미있는 게 있냐고 물은 다음, 티켓 판매점으로 향해 그 작품의 예매권을 구매했다. 그리고 그 길로 무사시코스기로 향해 도쿄 급행선 개찰구 근처에서 그 여자가 나타나기를 기다렸다. 여럿 되는 개찰구 중에서 그 여자가 어느 것을 이용하는지는 지난번 술자리 때 함께 역까지 걸어갔기 때문에 알고 있었다.

역 구내 패스트푸드점에 들어가 개찰구가 훤히 보이는 자리에 진을 치고 얼마 동안 기다리고 있자, 내 예상대로 그 여자가 나타났다. 나는 서둘러 음료수를 쓰레기통에 던져 넣고 개찰구를 향해 뛰었다.

"유코 언니."

뒤돌아본 그녀는 과연 놀란 눈치였다.

"웬일이야. 이런 데서 보네."

"언니가 어쩌고 있나 궁금해서요."

내가 농담처럼 말하자 정말 농담이라고 생각한 모양이다. 그녀는 "무슨 소리니."라며 웃었다.

"혹시 키미히로 씨 보러 왔어? 오늘은 벌써 퇴근했는데."

내 귀를 의심했다. 전에 만났을 때는 코요 오빠를 '이토 선배님'이라고 정중하게 부르지 않았나?

하지만 일부러 흘려버렸다. '키미히로 씨'는 자기 것이라고 필사적으로 어필하고 싶은가 본데, 어떻게 따져 봐도 내 쪽이 더 깊은 사이야. 실컷 짖으라지.

"오늘은 다른 일로요. 언니랑 이야기가 하고 싶어서."

"나랑?"

"코요 오빠랑 진전이 있나 해서 작전 회의하러 왔죠."

밥이라도 먹으면서 이야기하자며, 나는 그 여자를 데리고 복합 상업 시설 최상층에 있는 식당가로 향했다. 시간 낭비가 싫어서 제일 한가해 보이는 파스타 가게로 정했다.

부자연스럽지 않을 정도로 서론을 꺼낸 다음 조금 전에 사 온 영화 예매권을 내밀었다.

"뭐야?"

"보면 알잖아요. 영화 티켓. 줄 테니까 둘이서 다녀와요."

그녀는 여우에 홀린 표정으로 테이블 위에 놓인 예매권과 나의 얼굴을 번갈아 봤다.

"모리오 오빠한테 들었어요. 코요 오빠, 실은 영화를 엄청 좋아하는데 최근에는 바빠서 극장에 좀처럼 가질 못한다고요. 모리오 오빠한테 코요 오빠가 좋아할 만한 장르가 뭔지 들었으니까 이 영화도 코요 오빠 취향에 딱 맞을 거예요. 과감하게 권해 봐요."

모리오 오빠에게 들었다는 말은 거짓이다. 다섯 명이 함께 식사했던 그 날 이후, 전혀 연락하지 않았다. 코요 오빠에게 접근이 가능해진 지금, 그는 무용지물이다.

"…… 그래도 될까?"

"그럼요. 오늘은 그러려고 온 거예요."

영화 예매권을 건네고 선전 포고를 하기 위해.

"고마워."

"응원하겠다고 했잖아요. 파이팅!"

나 정말 악질이구나. 이렇게 되면 나랑 저 여자, 둘 중 누구를 고르건 코요 오빠는 불행해진다. 복수를 위해서라고? 복수를 위해서라면 누군가를 상처 입혀도 돼? 이 복수에 성공하면, 그리고 가령 저 여자를 소중하게 여기는 사람이 있다면, 나는 그 사람의 복수를 순순히 받아들여야만 하나? 그렇다면 이 복수의 연쇄에 끝이 있기는 해?

나는 딜레마의 뚜껑을 덮었다.

다음 날 저녁까지 기다린 다음 사전에 만들어 둔 메시지를 보냈다.

―대학교 친구가 그러는데 지금 영화관에서 상영하는 이 미국 애니메이션이 재미있대요.

슬슬 업무가 끝날 시간이니 곧장 답변이 올 거라 생각했지만, 읽음 표시가 뜬 뒤로 꽤 오랜 시간이 지났다. 일이 바쁘나, 아니면 뭐라고 답장해야 할지 내용을 고민하고 있나? 만에 하나라도 그 여자를 선택하고 내 쪽을 거절할 리는 없다고 생각하는데.

답장을 기다리며 들떴다가 초조해하기를 반복하는 나 자신을 깨달았다. 어쩐지 평범하게 연애하고 있는 기분이라며 쓴웃음을 짓던 그때, 기다리고 기다리던 답장이 왔다.

—그 영화 같이 보러 갈까?

"달랑 한 줄이냐!"

이만큼 기다리게 하고서, 라며 나도 모르게 핀잔을 놓았다. 그리고 혼자서 웃었다.

실컷 내 속을 태웠으니 복수다. 나는 족히 한 시간 이상은 거드름을 피운 다음 단문으로 답장했다.

—얏호! 가요!

자, 다음은 얼마나 기다리게 할 셈이지.

혼자 애태우면 분하니까 차라리 자버리자. 이후에 코요 오빠가 답장을 보내더라도 내 답장은 내일 아침이다. 그런 생각으로 휴대폰을 충전하고 이불을 덮었지만, 몇 번이고 이불에서 빠져나와 휴대폰이 울리지는 않았나 확인했다.

✢ ✣ ✢

　그날은 지각하는 꿈 때문에 눈이 떠졌다.

　일어나니 이미 바깥은 어둑했고 그래도 한 가닥 희망을
품고 시부야로 향해 봤지만, 아니나 다를까 약속 장소에
코요 오빠의 모습이 보이지 않아 창백해진다는 그런 내용
이었다. 냉정하게 생각해 보면 약속 장소로 가기 전에 연
락 한 통만 넣으면 됐을 일이다. 하지만 늦잠을 잤다고 깨
달은 순간에 느낀 위가 거꾸로 솟는 감각이 묘하게 리얼
해서 눈을 뜬 뒤로는 다시 잠들 수가 없었다.

　정성스러운 눈 화장으로 눈 크기를 쑥쑥 키우고, 이것
도 아니다, 저것도 아니다 하며 코디에 신경을 썼지만, 그
래도 아직 출발하기에는 이른 시간이었다. 하지만 집에
있으려니 도무지 마음이 진정되질 않아 이렇게 된 바에야
시부야를 어슬렁거리는 편이 낫다고 생각해서 이른 시간
에 전철에 올랐다.

　그랬더니 약속 시각보다 2시간이나 일찍 시부야에 도
착하고 말아, 난민처럼 어슬렁어슬렁 거리를 배회하게 됐

다. 하지만 시부야는 역시 질색이다. 혼자서 이리저리 돌아다니고 있으려니 헌팅이니 스카우트니 하며 말을 걸어대는 통에 전혀 앞으로 나아갈 수가 없다.

하는 수 없이 약속 장소인 시부야 츠타야 1층으로 가서 이리저리 둘러보기로 했다. 그러다 시청기에 들어 있는 FUNKIST의 새 앨범을 발견했다. 잘됐다. 그러고 보니 아직 새 앨범을 안 샀구나. 나는 앨범을 들으며 시간을 때우기로 했다.

그러자 몇 곡인가 들었을 때쯤, 옆에서 시선이 느껴졌다. 그 자리는 조금 전까지만 해도 커플이 다정하게 음악을 듣고 있었는데, 지금은 촌스러운 느낌의 청년으로 바뀌어 있었다.

잠깐, 촌스러운 느낌의 청년이라고 생각했는데, 코요 오빠였잖아!

"깜짝이야!"

아직도 심장이 펄떡펄떡 뛴다.

"뭘 그렇게까지 놀래."

코요 오빠는 빙그레 미소 지었다.

"어, 근데 약속 시각까지 아직 30분쯤 남았잖아요."

"뭐 들어? 밴드?"

코요 오빠가 시청기 주위를 장식한 패널을 말끄러미 응시한다.

순간, 나는 섬뜩해졌다. 그러고 보니 미네기시 유코를 사칭한 계정에 FUNKIST의 라이브 공연장이었던 O-EAST의 간판 사진을 올린 적이 있었다.

"글쎄요. 저도 몰라요. 이 사람들 밴드인가? 그냥 보이길래 시간 때울 겸 들어 봤는데."

한시라도 빨리 이 자리를 떠야겠다는 생각에 조금 수상쩍은 행동을 하고 말았다. 다시 생각해 보니 코요 오빠는 그 계정을 제대로 확인하지 않았다. 처음 나카노의 이치라쿠이치엔에서 만났을 때— 정확히는 아직 만나기 전에 대화를 훔쳐 들었을 때, "그래도 모르는 사이에 직장 동료가 자기 사생활을 캐고 돌아다니면 썩 유쾌하진 않을 거 같아."라며 모리오 오빠를 나무랐으니까.

참 좋은 사람이야, 이 사람. 나한테는 아까울 정도로.

"그건 그렇고, 시부야는 역시 사람이 많네."

또 인파에 떠밀려 나와 떨어져 있었던 모양이다. 코요 오빠가 뛰어서 나를 쫓아왔다.

"시부야는 잘 안 와요?"

시부야만 그런 게 아니고 신주쿠나 이케부쿠로 같은 데

도 잘 안 갈 것 같은데. 이 사람 인파를 헤치며 걷는 게 어지간히도 서투르니까.

"대학 때 말고는. 동아리 회식을 시부야에서 했거든."

"그게 몇 년 전인데요?"

"7, 8년쯤 됐나."

대학생 때가 벌써 7, 8년 전이라. 그제야 겨우 코요 오빠가 나보다 제법 나이 많은 오빠라는 걸 의식했다. 그다지 확 와닿지 않아서 어쩌다 보니 또래처럼 대하게 되지만.

영화가 시작하기 전까지 아직 시간이 있으니 카페에서 조금 시간을 보내기로 했다. 코요 오빠는 시부야 지리에 거의 문외한인 것 같고, 시간이라고 해 봐야 30분 정도밖에 없으니 영화관에서 그리 멀리 갈 수도 없다. 그러고 보니 근처에 록시땅 카페가 있다. 전에 마호와 갔던 적이 있다.

잠시 기다려 자리로 안내받았는데 코요 오빠는 이런 곳이 익숙하지 않아서인지 행동이 영 어색해 보였다. 조금 부끄러우면서도, 오빠지만 귀엽다는 생각도 든다. 응? 왜 이러지. 자세히 보니까 얼굴도 좀 잘 생겨 보이잖아? 어디에나 있는 평범한 단역 캐릭터라고 냉정하게 분석할 수

있는 나 자신도 있지만, 한편으로는 눈썹 형태가 꽃미남
스럽다느니, 눈이 자그마해서 오히려 귀여워 보인다느니
하며 억지 해석을 갖다 붙이려 하는 자신도 있었다.

스크램블 교차점이 내려다보이는 자리에 나란히 앉아,
나는 즉흥적으로 무스카 대공의 흉내를 냈다.

"마치 쓰레기 같구나."

코요 오빠의 얼굴이 경직된다.

어라, 제대로 안 먹혔나. 이거 학교 친구 앞에서 하면
막 터지던데. 마호 같은 경우는 너무 웃어서 눈물까지 나
던데.

이건 '천공의 성 라퓨타'에 등장하는 악당 무스카 대공
의 유명한 대사를 흉내 낸 거지 절대로 내 속에서 나온 말
이 아니다…… 라며 꼭 설명해야 하나. 이런 거 단번에 못
알아들어서 설명해야 하면 그보다 어색한 게 없는데.

그렇게 생각하며 입을 열려고 하던 그때, 코요 오빠가
말했다.

"'라퓨타'구나."

"휴, 다행이다. 알아차려서."

정말 다행이다. 이런 감각의 공유는 친구든 연인이든 간
에 오랫동안 사귀어 나가는 데에 정말로 중요한 부분이라

고 생각한다. 코요 오빠와 오랫동안 사귈 수 있느냐는 별개의 문제지만.

"미야자키 애니, 좋아하는구나."

"네. 아니, 그런데 싫어하는 사람도 있어요?"

"나는 좋아하지만 그런 사람도 있지 않을까."

코요 오빠가 쓴웃음을 짓는다.

"미야자키 애니 중에서는 뭘 좋아해요?"

"글쎄. '토토로'?"

"진짜요? 나도! 나도 '토토로'를 제일 좋아하는데! 인형도 있어요!"

아직 이케부쿠로에서 부모님과 살던 그때, 피아노 연습이 싫다며 응석을 부리면 "토토로도 같이 있네."라며 엄마가 양손에 들고 인형을 흔들며 기분을 풀어주었다. 토토로뿐만 아니라 그 만화 영화에 등장하는 캐릭터 인형 대부분을 가지고 있었다. 미타카노모리 지브리 미술관에도 몇 번인가 함께 갔었다. 그 영화는 나에게 있어 단순한 영화가 아니다. 그것은 우리 가족이 행복했던 시절을 상징한다.

"정말?"

"네. 엄청난 우연이네요. 둘 다 '토토로'를 좋아하다니."

"그런가?"

코요 오빠가 웃는다. 물론 '토토로'를 좋아하는 사람이 드물지는 않지만, 그래도 같은 것을 좋아할 수 있다는 감각이란 어쩜 이리도 기쁜 걸까.

점원에게 주문한 후 코요 오빠가 입에다 손을 댔다.

"여기, 꽤 나가네. 비싼 편 아냐?"

"근데 이 가게는 티 포트로 나오니까 두 잔은 마실 수 있어요."

그러니까 결론적으로는 이득이지 않으냐는 느낌으로, 나는 에헴 하고 가슴을 폈다.

"그렇구나."라며 일단은 납득하려던 코요 오빠였지만, 갑자기 초조해하기 시작했다.

"앗! 잠깐만. 영화 시작까지 앞으로 20분 정도밖에 없잖아."

20분이나 있는데 충분하잖아. 뭘 그렇게 초조해하냐며 의아하게 생각했는데, 주문한 음료가 나오는 데 10분이나 걸렸다. 또야, 또. 시간 역산이 서툴러서 늘 아슬아슬한 시간에 분주히 뛰어다니는 것이 나의 나쁜 버릇이다.

겨우 한 잔을 다 마셨을 때쯤, 코요 오빠가 휴대폰으로 시간을 확인했다.

"남기고 갈까?"

"안돼요. 남기고 가면 한 잔에 9백 얼마지만 전부 마시면 한 잔에 4백 얼마란 말이에요."

그렇게 말하며 '이 사람 참 괜찮다.'고 생각했다. 시간을 신경 쓰며 시간 역산이 서투른 나에게 "슬슬 움직이는 게 좋겠어."라고 말해 준다. 내 부족한 점을 보완해 주는 사람이란, 어쩐지 참 좋다.

하지만 포기가 빠른 점은 생각해 볼 문제다.

영화관까지 이동하며 코요 오빠의 목소리가 나를 쫓아온다.

"아마 10분이나 15분 정도 예고가 나올 거니까 예고편 도중에라도—"

"안 돼요! 영화는 예고편부터가 시작이라고요!"

분명 남은 시간이 5분밖에 안 되기는 해도 포기할 정도의 거리는 아니다. 서두르면 늦지 않을 거야, 틀림없이.

하지만 나아가면 나아갈수록 코요 오빠와의 거리가 점점 벌어진다. 그러고 보니 이 사람, 인파 속을 걷는 게 서툴렀지.

나는 큰맘 먹고 다시 돌아가, 코요 오빠의 손목을 잡았다.

깜짝 놀란 코요 오빠가 굳었다.

그런 눈으로 보지 마요. 나도, 심장이 입에서 튀어나올 것 같으니까.

"어서!"

나는 손목을 당기며 그 틈에 코요 오빠의 손을 잡았다. 코요 오빠도 나의 손을 맞잡아 주어서 흥분한 나머지 코피가 뿜어져 나올 뻔했다. 지금 내 얼굴을 정면에서 보는 사람은 '이 아이, 열나는 거 아냐?'하고 걱정할지도 모른다. 나는 정면만을 보고 그저 빠른 걸음으로 나아갔다.

영화관에 들어가 자리에 앉자 거의 그와 동시에 극장 내 조명이 조금 점멸되며 예고편이 시작됐다.

딱 맞췄구나.

숨을 헐떡이며 스크린을 바라보는 코요 오빠의 옆모습을 보다가 '아, 나…… 이 사람이 좋아질지도 모르겠구나.' 하고 느꼈다. 그렇게 느꼈을 때는, 아마도 이미 좋아하고 있었겠지만. 어쩌면 훨씬 전부터 좋아했지만, 그 여자에 대한 복수 때문이라고 변명을 하느라 무의식적으로 자신의 감정을 모른 체했던 것일지도 모른다.

나는 코요 오빠를 좋아한다.

하지만 이대로 좋아해도 될까? 나는 오빠를, 복수에 이용할 생각이었다. 오빠에게 접근한 진짜 목적은 미네기시 유코에게 접근하기 위해서였다. 미네기시 유코를 부추겨서 오빠를 좋아하게 만들고, 그녀가 오빠에게 빠지는 순간 내가 빼앗아 분풀이한다. 그렇게 실컷 괴롭힌 다음 진짜 계획을 실행으로 옮길 생각이었다. 그 여자의 인생을 끝내버리는 것.

나는 끔찍한 여자다. 그 여자가 해온 짓을 똑같이 되돌려 줄 뿐이라고 변명하며, 나에게 이용당해 마음을 농락당한 코요 오빠는 전혀 생각하지 않았다. 이런 내가, 이대로 코요 오빠를 좋아해도 될까?

나에게 오빠를 좋아할 자격이 있을까?

적어도 오빠에게는 사실대로 말해야 한다고 생각했다. 내가 미네기시 유코에게 개인적인 원한을 품고 있으며, 처음부터 당신에게 호의적인 척 행동했던 이유는 당신에게 흥미가 있어서가 아니라 미네기시 유코에게 접근하고 싶어서였다고. 미네기시 유코 쪽도 부추겨서 당신을 좋아하게 만들 생각이었다. 거기다 미네기시 유코에게서 당신을 빼앗을 생각도 했다. 그럴 생각이었는데 지금은 진심으로 당신이 좋아졌다.

못 하겠다. 아무리 코요 오빠가 착하다 해도 그런 말을 듣고 아무렇지 않게 받아들여 줄 리 없다. 애초에 그런 것을 허용할 수 있는 인간이 이 지구상에 존재할까. 내가 코요 오빠 입장이라면 틀림없이 인간 불신에 빠질 것이다.

그럼 진실을 전하지 말고 조용히 몸을 빼야 하나. 아마도, 그러는 것이 제일 상처가 얕을 것이다. 진실을 밝히고 자신을 받아들여 달라고 하는 경우, 그래서 가령 코요 오빠가 표면상으로 나를 받아 준다고 한들, 오빠에게 무거운 짐을 지게 하는 꼴이 된다. 이런 잔혹한 진상을 밝히고 용서를 구하려 하다니 뻔뻔함이 지나치고, 오빠 입장에는 너무 잔혹한 일이다.

오빠를 생각한다면 내가 취해야 할 행동은 명확했다. 그러나 그게 안 된다. 물러나려면 일찌감치 손을 써야 그의 마음에 깊은 상처가 남지 않는다. 알면서도 하지 못한다. 어쩌면 나는, 미네기시 유코와 크게 다를 게 없는지도 모른다. 아니, '어쩌면'이 아니다. 똑같다.

언젠가. 조만간. 하지만 결단을 내리지 못해 괴로움에 몸부림치며 하루하루를 보냈다. 그저 한탄하고 번뇌하기만 했던 것이 아니라, 건방지게도 그가 보낸 메시지에 치유 받고, 격려받고, 설레기까지 했으니, 나는 정말 교활한 여자다.

이제 정말 끝이다. 지금 관계를 청산해 두지 않으면 나는 뒤로 물러설 수 없게 된다.

코요 오빠에게 "남자 친구가 생겼어요."라며 거짓 메시지를 보내려고 한 바로 그 순간, 모텔의 한 방에서 그가 미네기시 유코에게 살해당했다는 뉴스를 보았다.

❖ ✛ ❖

아빠와 통화를 끝낸 후, 나는 얼마 동안 꼼짝도 할 수 없었다.

무릎에 얼굴을 묻고 축 늘어진 채 허탈함에 잠겼다.

지난 6년은 대체 뭐였지. 그 여자의 거짓말에 농락당해 엄마는 스스로 목숨을 끊고 아빠와 나는 관계가 단절되어 있었다. 그리고 그 여자에 대한 복수심에 사로잡힌 나는, 자신의 거짓말로 코요 오빠의 인생을 끝내버렸다.

아니. 정말 나의 거짓말이 원인이었을까.

보도에서는 코요 오빠 쪽에서 그 여자를 모텔로 꾀어냈고, 코요 오빠의 휴대폰을 훔쳐본 그 여자가 바람을 의심해서 오빠를 살해했다고 전했다. 코요 오빠가 그 여자와 교제하고 있으리라 생각지는 않지만, 그 여자가 나에 대한 질투로 미쳐버린 그 기분은 이해할 수 있었다. 나는 그 여자에게 영화 예매권을 건네며 힘내라는 말로 그녀의 마음을 부추겼다. 분명 그 여자는 나를 아군이라고 생각했을 것이다. 그런데도 나는 매일 같이 코요 오빠와 메시지를 주고받으며 관계를 키워 나갔고, 어처구니없게도 둘이서 영화도 보러 갔었다. 더군다나 함께 본 그 영화는 내가 그 여자에게 코요 오빠와 함께 가라며 건네준 예매권의 영화다. 전해 듣기로는 코요 오빠가 화장실에 들어가 있을 때 내가 보낸 메시지를 보았다고 진술했단다. 확실히 보냈다. 그 영화를 친구에게도 추천했더니 친구도 보고 와서는 재미있었다고 말했다는 내용의 메시지를.

어디까지가 진실이고 어디까지가 거짓일까. 생각하기 시작하면 혼란스러워서 머릿속이 뒤죽박죽되지만, 적어도 나와 만나지 않았더라면 코요 오빠가 그런 끔찍한 상황에 놓이는 일은 없었으리라 확신했다. 거짓말로 타인의 인생을 뒤바꾸고 끝나게 한 무거운 짐은 앞으로 평생 나를 따라다닐 것이다. 그것은 알고 있다.

하지만, 뻔뻔스럽게도, 궁금했다. 코요 오빠는 죽음의 순간 누구를 생각했을까. 그 여자를 모텔로 꾀어낸 진의는 뭐였을까. 설마, 사실은 유코 쪽을 좋아했나? 두 사람은 전부터 사귀고 있었던 걸까. 그와 만난 후 한 달 가까이 나 혼자 짝사랑했던 걸까.

이루어질 수 없는 일이라는 것은 잘 안다. 코요 오빠는 이미 이 세상에 없고, 미네기시 유코는 절대로 사실을 말하지 않는다. 허실이 뒤섞인 진술에서 무엇이 진실인가를 간파하는 것은 불가능하다. 실제로 경찰조차 그 여자의 진술을 그대로 받아들여 코요 오빠와 미네기시 유코의 사건을 '연인 간'의 치정 싸움에서 발전된 사건으로 기소했다고 한다.

손에 쥔 채로 바닥에 힘없이 떨구고 있던 휴대폰이 갑자기 진동했다.

모리오 오빠가 보낸 메시지다.

'지금 뭐 해?'

모리오 오빠는 코요 오빠의 장례식 때 얼굴을 본 이후 처음이었다. 무슨 일일까. 하지만 모리오 오빠와 나 사이에 대단히 중요한 용건 같은 게 있을 리 없었다. 읽음 표시가 떠 버렸지만, 답장은 나중에 하도록 하자.

그러자 또다시 휴대폰이 울렸다.

또 모리오 오빠였다.

'미나미마치다 역에 와 있는데 지금 볼 수 있을까.'

우리 집에서 제일 가까운 역에?

대체 무슨 일로.

생각할 새도 없이 연이어 메시지가 도착한다.

'누구를 좀 만나줬으면 해. 코요 일로 할 얘기가 있다는데.'

"오빠 일로?"

나는 용수철처럼 벌떡 일어났다. 모리오 오빠는 딱히 보고 싶은 생각이 없었지만, 코요 오빠와 관계된 일이면 이야기는 달라진다. 약 30분 후에 집에서 나갈 테니 역 근처 마트 근처에서 기다려 달라고 답장한 후 서둘러 외출 준비를 했다. 30분이라고 말해 두었지만 실제로는 20분 만에 집을 나설 수 있었다.

열심히 자전거 페달을 밟아 역을 향해 급히 이동했다. 세차게 부는 바람이 쓰라릴 정도로 차가웠지만, 전신에서 미친 듯이 땀이 뿜어져 나왔다.

이윽고 마트 주차장 입구에 도착했다. 널따란 부지 어디쯤 있나 하고 확인을 하려 휴대폰을 꺼낸 그때, 모리오 오빠처럼 보이는 인영을 앞쪽에서 발견했다.

"모리오 오빠!"

큰 소리로 불러 본다. 주위의 쇼핑객들이 깜짝 놀라 쳐다보았지만, 신경 쓰고 있을 상황이 아니었다.

검은색 롱코트를 입은 모리오 오빠로 짐작되는 인영은 이쪽을 보며 오른손을 흔들었다. 역시 모리오 오빠가 확실하다.

그리고 오빠 옆에는 하얀색 코트에 빨간색 머플러를 두른 여성이 서 있다. 모리오 오빠가 말한 '만나줬으면 하는 사람'이 저 여자인가?

가까이 가서 보니 그 사람은 모리오 오빠와 비슷한 나잇대로 보였다. 어깨까지 내려오는 검은 머리, 얼굴을 구성하는 부위 하나하나는 눈에 띄는 느낌이 아니지만 제각각 균형 있게 배치되어 있어서 고상한 느낌의 미인을 만들어내고 있다. 털털하고 예쁜 언니, 뭐 이런 느낌이다.

"안녕하세요. 반가워요."

웃으며 인사해 오는 예쁜 언니에게 우선은 "네, 안녕하세요." 하고 대답한 후, 설명을 구하듯 모리오 오빠를 쳐다봤다.

"이쪽은 테라지마 미즈호."

테라지마, 미즈호…… 미즈호?

언뜻 들어본 듯도 한데 확실히 기억나지는 않는다.

그러자 모리오 오빠가 말했다.

"코요의 전 여친."

"전 여친?"

그러고 보니 이치라쿠이치엔에서 이름이 나왔던 게 어렴풋이 기억났다. 미네기시 유코의 이름이 나오기 전이라 제대로 듣고 있지는 않았지만.

"잘 부탁해요."

이 사람이, 코요 오빠의……

나는 미즈호 씨가 겁을 먹을 정도로 그녀의 전부를 찬찬히 관찰했다.

❖ ❖ ❖

미즈호 씨가 다른 사람의 이목을 신경 쓰지 않고 느긋하게 이야기할 수 있는 곳이 좋겠다고 해서 역 부근에 있는 공원으로 안내했다. 미나미마치다 역 바로 근처에 넓은 부지를 가진 공원이 있었다.

우리는 나란히 서서 공원 주위를 따라 인도를 걸었다. 모리오 오빠는 나를 미즈호 씨에게 소개해 주고는 "내가 없는 편이 얘기하기 쉬울 거야."라는 말만 남기고 일찌감치 돌아가 버렸다. 그런 배려와 무관한 사람인 것처럼 생각했던 터라 의외였지만, 이제부터 미즈호 씨가 이야기할 내용을 미리 들었으리라 짐작했다.

"춥지."

미즈호 씨가 하얀 입김을 뱉으며 내 쪽으로 고개를 돌렸다. 빨간색 하이힐을 촐랑촐랑 내밀며 걸어가는 모습이 정말로 추워 보인다.

"요사이 갑자기 추워졌으니까요."

나는 자전거를 밀며 웃는 얼굴로 어떻게든 맞장구를 쳤지만, 마음속은 편치 않았다. 코요 오빠 일로 할 얘기가 있다니, 대체 뭘까. 그 뒤로도 얼마간은 별 내용 없는 잡담이 이어졌다. 미즈호 씨도 코요 오빠의 장례식에 참석했었다며 "그러니까 우리는 분명 한 번쯤 마주쳤을 거야." 라는 둥 정말로 별 중요치 않은 내용의 대화를 나눴다.

"저, 슬슬 본론을……."

내가 참지 못하고 이야기를 재촉하자 미즈호 씨가 불쑥 웃음을 터트렸다.

"키미히로한테 일어난 사건, 텔레비전이며 신문에서 연신 보도되고 있잖아. 내가 아는 이야기랑 전혀 다르구나 싶어서 오해를 풀고 싶었거든. 그래서 오랜만에 모리오한테 연락해서 나나에게 내 의향을 전해달라고 부탁했어."

"무슨 말이에요?"

"키미히로가 죽기 전날, 걔가 나한테 고민을 털어놨었어. 너랑 미네기시 유코 일로."

"그런 일이, 있었나요…….."

전혀 몰랐다. 왜 미즈호 씨였을까.

"코요 오빠랑, 헤어진 뒤에도 계속 연락하셨어요?"

미즈호 씨가 고개를 젓는다.

"말도 안 되지. 키미히로는 그런 어중간한 태도를 싫어하는 데다 나도 두 번 다시 안 볼 생각으로 헤어졌거든. 그래서래."

"그래서?"

무슨 뜻일까.

"현재 자기 인생에서 가장 멀리 떨어져 있는 상대니까. 선입견 없이 이야기를 들어줄 사람이 없나 생각했더니 내가 떠올랐다고…… 그러면서 SNS를 통해서 갑자기 연락해 온 거야. 쿠사카베 타츠오가 누구지, 했는데 그게 키미히로였더라."

"쿠사카베 타츠오? 오빠가 그 이름을 쓰던가요?"

"응. 혹시 어디서 따온 이름인지 아니? 왜 그런 가명을 쓰나 계속 의아했는데."

"알아요. '이웃집 토토로'에 나오는 주인공 자매의 아빠예요."

"그랬구나. 어쩐지."

미즈호 씨는 수긍한 듯한 표정을 짓는다.

"그야 물론 나에게도 키미히로는 지금 내 인생에서 있어서 가장 멀리 있는 상대니까 곤란한 일이 있든, 죽든 살든 나하고는 상관없다고 생각했어. 하지만 이러니저러니 해도 6년이나 사귄 전우 같은 감정도 있고 해서 시간을 내서 이야기를 들어보기로 했어. 키미히로 말이야, 약속 장소로 잡은 카페에 나타난 그 순간부터 뭔가를 엄청 골똘히 생각하는 얼굴이길래 무슨 일인가 했어. 그러더니 걔가 복수를 어떻게 생각하느냐고."

등줄기가 서늘해졌다.

"지금 좋아하는 여자가 있는데 그 애가 어느 여자에게 복수하려고 한다. 될 수 있으면 막고 싶은데 어떻게 해야 할지 몰라서 나한테 연락했다고……. 갑자기 그런 말을 꺼내 봤자 나도 뭐가 뭔지 모르니까, 순서대로 설명을 듣게 됐어."

나는 간신히 말을 쥐어 짜냈다.

"코요 오빠는, 제 정체를 눈치채고 있었다는 말씀이세

요?"

"그랬나 봐. 살인범 미네기시, 그 여자랑 관계있었던 상사의 딸이잖아. 다들 불륜 때문에 가정이 파탄 났다고 알고 있지만 자기 경우를 생각해 보면 그 상사라는 사람도 정말로 미네기시와 불륜을 저질렀는지 어떤지 의심스럽다고 이야기했어. 아무튼, 키미히로는 네 정체를 알고 있었어. 네가 복수를 위해 자신에게 접근했다는 사실도 눈치채고 있었어."

"거짓말. 전혀 그렇게는……."

보이지 않았다.

그러자 미즈호 씨가 말한다.

"물론 처음부터 알고 있었던 건 아닌가 봐. 아니, 오히려 나한테 연락하기 직전에 알게 됐다고 그랬어."

"어떻게요?"

"사건 3일 전에 키미히로가 업무 실수를 저질러서 직장을 그만두게 됐다는 이야기는 들었지?"

"네."

안다. 하지만 사건이 일어난 후에야 알게 됐다. 나는 그날 코요 오빠와 전화로 이야기를 나눴다. 기운이 없어 보인다고 생각했는데, 오빠 쪽에서 스스럼없이 조금 더 자세하게 이야기를 들려주었더라면 결과는 달라졌을까?

"어디까지나 키미히로가 자기 관점에서 하는 얘기지만 그게 미네기시의 계략이었대. 처음에 키미히로는 너랑 미네기시, 두 사람과 같은 영화를 보러 갈 생각이었대. 그런데 너랑 데이트해 보고 나서야 널 좋아한다고 깨닫게 됐다나 봐. 그래서 솔직하게 미네기시 쪽에다가는 함께 못 가겠다고 거절했었대."

말문이 막혔다. 역시 코요 오빠는 미네기시와 교제하지는 않았다. 그뿐이랴, 함께 영화를 보러 갔던 날, 내가 느꼈던 것과 마찬가지로 오빠도 내 연애 감정을 알아채 주었다.

미즈호 씨가 이어 말했다.

"그런데 미네기시는 그 일로 앙심을 품고 키미히로가 중대한 업무 실수를 저지른 것처럼 보이게끔 일을 꾸몄다는 거야. 그 결과 키미히로는 직장에서 쫓겨나게 됐고. 그 후에 미네기시가 키미히로에게 접촉해서 실수의 원인이 키미히로가 아닌 자신에게 있다고 소장에게 잘 말할 테니까 거절했던 영화를 함께 보러 가자고 요구했대."

미쳤다. 내가 하는 짓도 결국은 그 여자와 다를 게 없다며 자기 혐오에 빠졌던 적도 있지만, 광기의 레벨이 다르다. 그런 괴물과 대치해서 대등하게 싸우는 것이 가능하기는 한 걸까.

"미네기시 쪽에서는 영화만 같이 보러 가주면 사무소로부터 손해 배상 청구를 받지 않게끔 처리해 주겠다고 했다는데, 키미히로가 아무리 사람이 좋아도 그렇지 그런 이야기를 믿을 수 있겠어? 그래서 키미히로는 미네기시의 SNS 계정을 보고 그녀와 관련 있는 사람들에게 접촉해서 그녀에게 대항할 수단을 찾으려고 했대."

호흡이 얕아진다. 말할 필요도 없이, 코요 오빠가 보았다는 계정은 미네기시 유코 본인의 것이 아니다. 내가 정보 수집을 위해서 만든 사칭 계정이다.

"그러다 미네기시가 코마에 은행에서 일하던 시절에 상사와 불륜 소동을 일으켜서 은행을 그만두게 됐다는 사실을 알게 됐어. 상대 남자의 아내가 미네기시의 집요한 괴롭힘에 마음의 병을 앓다가 자살했다는 것도."

괴로운 기억이 되살아나자 나는 무의식중에 눈을 감았다.

그러나 현실을 똑바로 응시해야 한다. 자신이 저지른 죄와 마주해야만 한다.

내가 눈을 뜨자 미즈호 씨는 작게 고개를 끄덕였다.

"키미히로는 미네기시의 불륜 상대였던 전 상사가 연홈 파티 사진을 보게 됐대. 일면식도 없는 사람이 분명한데 전 상사 부부의 얼굴이 낯이 익어서 이상하다고 느꼈대. 그러다 사진 배경에 찍힌 업라이트 피아노와 그 위에 놓인 마쿠로 쿠로스케 인형을 보고서 네가 전 상사 부부의 딸이라는 걸 알게 됐지."

아아, 나는 신음을 흘렸다.

―미야자키 애니 중에서는 뭘 좋아해요?"

―글쎄. '토토로'?

―세상에! 나도! 나도 '토토로'를 제일 좋아하는데! 인형도 있어요!

과거에 나누었던 대화가 고막 안에서 되살아난다. 어렸을 적에 피아노를 배웠다는 이야기도, 했던 적이 있다.

"처음에는 그게 마쿠로 쿠로스케인지 모르고 마리모나 그 비슷한 인형인 줄 알았대. 그런데 자세히 보니까 털 뭉치에 눈이 달려 있더래."

미즈호 씨가 씁쓸하게 웃었다.

"키미히로는, 미네기시 유코의 계정이라고 굳게 믿고 있던 계정을 다시금 보게 됐어. 나로서는 그게 무슨 상황인지 몰라도, 카르파초가 찍힌 사진에 모리오의 포크가 안 보였나 보더라. 그래서 그 계정이 네가 만든 사칭 계정이라고 확신하게 됐대."

시야가 크게 흔들렸다.

—모리오 오빠. 오빠가 든 포크, 사진에 찍히니까 치워주세요. 유코 언니도 다시 찍을래요? 모리오 오빠 때문에 포크가 찍혔을 거야.

—정말이네. 포크가.

—요즘 들어 카메라가 말썽이네. 이 휴대폰도 벌써 5년이나 됐으니까 이제 슬슬 바꿀 때가 됐나.

그 당시 사진을 다시 찍은 사람은 나뿐이었다. 미네기시가 찍은 카르파초 사진에는 모리오 오빠의 포크가 찍혀 있다.

"그렇게 생각하고 타임라인 게시물을 다시 보니까 죄다 미네기시보다는 나나의 취미라고 할만한 글밖에 없더라면서, 키미히로가 감쪽같이 속았다고 웃었어."

히가시노 게이고의 소설. 독서를 좋아하며, 오로지 미스터리 장르만 읽는다고 말한 적이 있다. 라이브 하우스 간판. FUNKIST의 새 앨범을 열심히 듣고 있다가 그 모습을 그에게 들켰다. 물방울이 흘러내리는 창문을 찍은 사진. 비 냄새는 좋지만 젖는 것은 싫다고 말했다. 손수 만

든 생선구이 사진. 일식 요리가 특기라며 자랑했다. 친구
네 강아지 사진. 어린 시절, 학교 가는 길에 치로라는 이
름의 믹스견을 키우는 집이 있었는데, 그 아이를 만나는
것이 매일의 기쁨이었다. 언젠가 자신도 커다란 골든래트
리버를 키우는 것이 꿈.

"속일 생각은⋯⋯."

거짓말이다. 속일 생각이었다. 코요 오빠를 이용해서
미네기시 유코에게 복수할 생각이었다.

"키미히로가 그랬어. 생각해 보면 첫 만남부터가 부자
연스러웠다고. 그렇게 예쁜 아이가 자기를 좋아해 주다니
이상하지—"

"아뇨!"

나는 큰소리로 그녀의 말을 가로막았다.

"아니에요. 물론 처음에는, 미네기시에게 접근하려고
코요 오빠에게 다가갔어요. 좋아하지도 않으면서 좋아하
는 척했어요. 하지만 언젠가부터, 정말로 코요 오빠를 좋
아하고 있었어요. 하지만 오빠는 진실 되고, 착하고, 성
실한데⋯⋯ 그에 비해 저는 거짓말쟁이에, 냉혹하고, 비
열해서. 사실대로 말해야 한다고, 생각은 했었어요. 하지
만 역시 그러질 못해서. 이렇게 추악한 내가 용서받을 수

있을까 두려워서…… 아니, 정말은 용서받으면 안 된다고 생각해요."

"키미히로는 용서했어."

미즈호 씨의 말에 나는 할 말을 잃었다.

미즈호 씨가 어깨를 으쓱했다.

"용서한다는 말을 직접 들은 건 아니야. 그냥, 6년이나 함께 했으니까 난 알 수 있어. 키미히로는 나나를 용서했어. 정확하게는 용서라기보다 좋아했어. 정말 지독하게 표현이 서투르지만, 틀림없어. 다만, 내가 가만히 있으면 키미히로의 마음을 네가 계속 오해하지 않을까 해서, 아마도 키미히로 자신은 원하지 않을 테지만, 그래서는 키미히로가 성불하지 못할 것 같아서 오늘 여기 온 거야."

무슨 뜻일까. 고개를 갸웃거리는 내게 미즈호 씨는 말했다.

"생각해 봐, 이로써 나나는 더이상 미네기시에게 복수할 수 없게 됐어."

수 초간 시간이 멈췄다.

말도 안 돼. 그것 때문에 코요 오빠가 미네기시를 모텔로 꾀어냈다고?

"키미히로는 자기를 속인 너에 대한 원망과 괴로움을

토해내기 위해 나에게 상담하러 온 게 아니야. 너의 진짜 목적을 알고 널 멈출 방법이 없을까 하고 상담하러 온 거지. 너를 저주한다거나 하는 말은 일절 없었어. 오히려 즐거운 나날을 보낼 수 있게 해 준 너에게 고마워했어."

그럴 수가. 나 역시 즐거웠다. 코요 오빠와 만난 덕분에 복수 같은 건 아무래도 상관없는 일이 되어 있었다. 단념시키려 하지 않아도 이미 단념하고 있었다.

미즈호 씨가 끄덕인다. 그 얼굴도 눈물이 번져 제대로 보이지 않는다.

"아마도. 키미히로는 지나치게 착한 사람이라 누군가를 상처 입힐 수는 없었을 거야. 그래서 이런 식으로 나나를 지켜낸 거고. 속인 것에 대한 반성 같은 거, 아마 키미히로는 바라지 않을걸. 키미히로는 마지막 순간까지 널 좋아했어. 그것만은 알아줬으면 해서."

그리고 마지막으로, 라며 미즈호 씨는 말했다.

"키미히로 말이야, 너한테 거짓말한 걸 후회했어. 정말 미안하다고."

"거짓말……?"

코요 오빠가, 나한테 거짓말을?

"실은 지브리 작품 중에서 '천공의 성 라퓨타' 말고는 본

게 없대. 네가 지브리 작품을 좋아한다고 해서 부랴부랴 '이웃집 토토로'를 봤다더라."

그런 거…….

그런 사소한 거짓말쯤 전혀 상관없는데. 생각했지만 목이 메어서 말이 나오지 않았다.

나는 자전거 핸들을 놓고 그 자리에 주저앉아 펑펑 울었다.

한 번만 더…….

단 한 번이라도 좋으니까 그의 손을 다시 잡아 보고 싶었다.

나는 손을 뒤로 돌려 문을 닫고 슬리퍼로 갈아 신은 다음 방으로 들어갔다.

좁은 방 안은 조금 어둡고 공기가 탁했다. 더블베드 옆에는 투명한 아크릴 테이블이 있고, 테이블을 사이에 두고 의자가 마주 보게 놓여 있었다. 침대를 제외하고는 자유롭게 움직일 수 있는 공간이 거의 없다. 이 정도로 용도가 한정적이고 목적이 확실한 공간은 없을 것이다.

미네기시 씨는 통통 튀는 발걸음으로 침대로 향하더니 몸을 내던지듯이 누웠다. 그 자세 그대로 침대 헤드보드에 나란히 달린 버튼을 향해 손을 뻗는다.

"이 방, 좀 추운 것 같죠."

에어컨을 조절하고 있는 모양이다. 스커트가 허벅지 끝

까지 말려 올라갔지만, 신경 쓰는 척조차 하지 않는다. 나는 시선을 돌려 벽에 달린 옷걸이만 보고 있었다.

"왜 그래요. 거기 멀뚱히 서서."

미네기시 씨가 이쪽으로 고개를 돌렸다. 그 시선은 조금 전까지는 없었던 끈적한 관능미를 품고 있었다.

"이쪽으로 와요."

가볍게 이불을 두드리는 그녀의 손짓에, 나는 단단히 마음을 먹고 고개를 들었다.

"하, 할 얘기가 있습니다."

동그랗게 눈만 뜨고 있던 미네기시 씨가 천천히 상체를 일으킨다.

"뭐죠?"

흥이 식었다는 듯 나지막한 목소리로 변했다.

"제 명예 회복은 필요 없으니 미네기시 씨도 사무소를 그만두시면 안 되겠습니까?"

"왜요?"

"이대로 그곳에 계시면, 위험합니다."

마음속 깊은 곳을 가만히 들여다보는 것 같은 차가운 눈빛.

잠시 뒤 미네기시 씨는 입을 열었다.

"싫어요. 절대로 싫어요."

멸시하는 표정과 시선이 내게 부딪힌다.

"그 계집애 때문이죠? 그 단발머리 대학생. 나한테 괜히 친한 척하길래 이상하다고 생각했어."

나나의 정체를 알아차렸던 걸까. 아니면 지금 이 순간, 나 때문에 알게 된 걸까.

어느 쪽이든 이렇게 된 이상 빙빙 둘러 말해 봤자 소용 없다. 나는 단도직입적으로 말했다.

"그녀는 미네기시 씨에게 복수할 생각입니다."

"알기는 해요? 그 애가 저한테 복수하려 한다는 말은, 당신이 이용당했다는 뜻이라고요."

"알고 있습니다."

"잘 알면서 왜, 뭐 하러 그 애를 도우려는 거죠?"

"그 애를 위해서가 아니라—"

"거짓말 마요!"

나를 덮친 날카로운 목소리에 움찔하고 온몸을 떨었다.

"날 걱정하는 척하지만, 사실은 그 계집애를 걱정하는 거잖아요! 그 애가 조만간 복수에 성공하는 게 아닐까, 그 애가 폭력, 혹은 상황에 따라서는 살인에까지 손을 대는 건 아닐까 걱정하는 것뿐이잖아요! 왜 그 계집애냐고! 그

계집애는 나한테 접근하려고 당신을 이용했는데! 당신을
진심으로 좋아하는 사람은 나인데!"

광기 어린 외침을 들으며 나는 이상할 정도로 갈증을 느
꼈다. 입을 열려고 하자 딱 붙어 있던 입술이 파열음을 내
며 떨어졌다.

"죄송합니다."

확실히 나는 그녀에게 이용당했다. 그녀는 내게 거짓말
을 하고 있었다. 하지만 그 사실을 알았을 때는, 나는 이
미 그녀를 좋아하고 있었다. 그녀의 진짜 모습이 무엇이
건 간에 나에게는 이미 중요치 않았다.

"누가 사과받고 싶댔어요! 좋아해 달라는 거잖아!"

"그건 도저히—"

성큼 다가온 미네기시 씨의 입술이 내 입술에 포개진다.
하지만 아무 느낌도 없다. 나나의 손에서 느껴지던 온기
가 그리워졌을 뿐이다.

미네기시 씨에게도, 입술 너머로 나의 기분이 전해진 듯
보였다. 나에게서 떨어진 얼굴이 아연실색한다.

나는 웅크리고 앉아 두 손을 바닥에 짚었다.

"제발 부탁드립니다. 그녀에게서 달아나 주십시오."

"대체 왜……."

머리 위에서 들려오는 목소리는 떨리고 있었다.

"부탁드립니다."

"그럴 만한 값어치는 없잖아!"

짐승의 단말마와 같은 고통스러운 외침에, 나는 무심코 얼굴을 찌푸렸다.

"용서 못 해. 그 계집애…… 절대로 용서 못 해. 끝까지 따라다니면서 그 계집애 인생을 엉망진창으로 만들어 줄 거야."

나는 때 묻은 카펫에 숨을 토하며 미네기시 씨의 저주를 들었다. 두려워서 손이 떨린다. 납으로 몸을 굳힌 것처럼 움직이지 않는다. 하지만 지금 내가 움직이지 않으면 나나는 미네기시 씨에 대한 복수를 완수하려 할 것이다. 그리고 미네기시 씨는 틀림없이 온갖 수단을 동원해서 나나의 인생을 망치려 들 것이다. 단념해 달라는 말로 끝낼 수 있다면 그게 제일이겠지만, 안타깝게도 나나는 나를 사랑하지 않는다. 나로서는 그녀의 억지력이 될 방법이 없었다.

나는 재빨리 자리에서 일어나 그 기세로 미네기시 씨를 침대에 쓰러뜨렸다.

그녀의 몸 위에 걸터앉은 채로 저항하는 그녀의 손목을

꽉 누른다. 이윽고 하얗고 가느다란 목을 나의 두 엄지손
가락이 파고들었다.

혈류가 막힌 그녀의 얼굴이 새빨간 색으로 물든다. 괴로
워하는 표정을 보니 마음이 약해지려 했다. 순간, 구속이
느슨해지며 그녀가 벽 쪽으로 달아나고 말았다.

"왜 이런 짓을 하죠."

미네기시 씨는 연신 콜록거리며 말한다.

묵묵히 다가가는 나에게 그녀가 손바닥을 펼쳐 보였다.

"잠깐. 아, 알겠다. 야자키 미츠구 씨 상속건. 제 실수였
다고 소장님한테 잘 말할게요. 그러면 당신이 배상할 필
요도 없어지고 어쩌면 직장 복귀 조처까지 받을 수 있을
거예요."

"어찌 되든 상관없습니다."

이제는 되돌아갈 수 없다.

나는 자신을 질책하며 또다시 그녀를 쓰러뜨리고 그 위
에 걸터앉았다.

엄지손가락에 온몸의 체중을 실어 미네기시 씨의 경동
맥을 압박한다. 괴로움에 일그러진 얼굴이 붉은색을 넘어
거무스름하게 변했다. 관자놀이에 무수히 많은 혈관이 도
드라진다. 눈이 충혈되고 입가에서는 하얀 거품이 뿜어져

나온다.

'아아, 무리구나.' 하는 생각이 문득 들었다. 나에게 살인은 도저히 불가능한 일이다. 내 전부를 내던지겠다는 각오로 오늘을 맞이했지만, 이 마당에도 우유부단하게 구는 자신이 우스워서 조금 웃음이 나려 했다.

하지만 나나의 복수는 막아야만 한다. 미네기시 씨의 광기로부터 나나를 지켜야 한다.

바둥거리는 미네기시 씨의 손이 닿을락 말락 하는 위치에 놋쇠 촛대가 보였다. 내가 조금만 구속을 느슨히 풀면 그녀는 틀림없이 저 촛대를 쥐고 망설임 없이 내 머리를 내려치겠지.

그래도 괜찮지 않나, 하는 생각이 들었다. 처음에 바랐던 것과 다르지만, 미네기시 씨와 나나를 물리적으로 떨어뜨리는 결과가 된다는 데에는 변함이 없다. 나나의 복수를 막을 수 있다.

"안녕."

나는 혼잣말과 동시에 엄지손가락을 목에서 떼어내며 가볍게 허리를 들었다.

자유로워진 미네기시 씨가 그 자리에서 기어나가 놋쇠 촛대를 쥔다.

나는 나나의 오른쪽 뺨에 그려진 보조개를 떠올리며 미소 지었다.

휴대폰이 착신을 알리며 울리고 있었다.

후기

서점 직원인 쿠리마타 리키야 씨가 기획 단계부터 현장의 의견을 받아들인 신간을 만들어 보고 싶다며 자신의 구상을 들려주신 것은 그분이 준비하신 복간 문고 '식인의 시대'(야마다 마사키 저/하루키 문고)가 한창 화제가 되었던 때입니다.

그로부터 3년 뒤인 2016년 가을, 쿠리마타 씨로부터 한 통의 메일이 도착했습니다. 조금 별난 의논 거리가 있다는 의미심장한 제목의 메일에는, 때가 무르익었으니 함께 책을 만들고 싶다는 뜻이 적혀 있었습니다. 누구보다 독자와 가까운 존재인 서점 직원 쿠리마타 씨에게 '지금 독자에게 가장 추천하고 싶다!'고 생각한 스토리 아이디어를 받아, 제가 그것을 키워내서 소설로 만든다는 기획 제안이었습니다. 그로부터 수개월 뒤, 쇼덴샤가 발행처로 입후보합니다. 서점 직원이 작가에게 집필을 의뢰하고 그 후에 발행처가 결정되는 이례적인 과정을 거쳐 이 작품이 세상에 나오게 됐습니다.

다만 독자 여러분께는 그 과정이 큰 관심사가 아닐 것입니다.

업계 최초의 이 시도가 성공이냐, 실패냐.

그것은 작품을 읽은 여러분께서 판단해 주십시오.

만나지 않았더라면 좋았을 거짓말쟁이 너에게

초판 1쇄 I 2021년 1월 22일

지은이 사토 세이난 I **원안** 쿠리마타 리키야 I **옮긴이** 김지윤
펴낸이 서인석 I **펴낸곳** 제우미디어 I **출판등록** 제 3-429호
등록일자 1992년 8월 17일 I **주소** 서울시 마포구 독막로 76-1 한주빌딩 5층
전화 02-3142-6845 I **팩스** 02-3142-0075 I **홈페이지** www.jeumedia.com

ISBN 978-89-5952-984-1
＊파본은 구입하신 서점에서 교환해 드립니다.

 ┃ **제우미디어 네이버포스트** post.naver.com/jeumediablog
 ┃ **제우미디어 페이스북** facebook.com/jeumedia
 ┃ **JM북스&노벨 트위터** twitter.com/JMBOOKNOVEL

만든 사람들
출판사업부 총괄 손대현 I **편집장** 전태준
책임편집 박건우 I **기획** 홍지영, 안재욱, 서민성, 이주오, 양서경
영업 김금남, 권혁진 I **제작** 김용훈
디자인 총괄 디자인그룹 헌드레드